寂寞而求音

述泽艺术散文集

（加）娄述泽 著

中国文联出版社

图书在版编目（CIP）数据

叩寂寞而求音：娄述泽艺术散文集／（加）娄述泽
著 . -- 北京：中国文联出版社，2025. 1. -- ISBN 978-
7-5190-5709-1

Ⅰ . I711.15

中国国家版本馆 CIP 数据核字第 2024G8262C 号

著　　者　（加）娄述泽
责任编辑　王九玲
责任校对　秀点校对
装帧设计　贾闪闪

出版发行　中国文联出版社有限公司
社　　址　北京市朝阳区农展馆南里 10 号　邮编 100125
电　　话　010-85923091（总编室）　　　　010-85923025（发行部）
经　　销　全国新华书店等
印　　刷　廊坊佰利得印刷有限公司

开　　本　710 毫米 ×1000 毫米　　　　　1/16
印　　张　12.5
字　　数　173 千字
版　　次　2025 年 1 月第 1 版第 1 次印刷
定　　价　70.00 元

师法自然 推陈出新
介绍加拿大华裔画家娄述泽

邓治平

　　娄述泽是中国著名画家娄师白先生的次子，1955 年 6 月 22 日出生，小名毛毛，生肖属羊。因为母亲王立坤亦是知识分子，曾经从事幼教工作，后任职于北京图书馆，所以他从小便受到良好的家庭教育。尽管如此，述泽的人生之路并不是像人们想象的那般顺利。1971 年，娄述泽初中毕业后，由于他不属于那种所谓"根正苗红"的学生，没有机会升入高中继续读书，他被分配到北京日用杂品公司当了一名售货员。值得庆幸的是，没过多久他又被调到北京景德镇艺术瓷器服务部工作，学习在瓷盘子上画像。这么一来，与他从小就喜爱的绘画总算是有了一点儿联系。

　　父亲很是关心儿子的前程，他认为人一定要有一技之长，才能在社会上站稳脚跟，也算是对社会有所贡献，因此，他要求述泽一边学习往瓷盘子上画像，一边逐步朝着绘画方面发展。父亲是著名画家，在绘画方面有着颇多的经验，他让述泽从学习素描开始，然后再去深研中国的传统笔墨以及传统文化，走中西结合、以中为主、以西为辅的绘画之路。母亲亦不甘落后，她从北京图书馆借来了许多有关素描方面的书让述泽来学习。真可谓是苍天不负苦心人，述泽在父母的支持下，加上他多年的勤奋努力，1979 年，即粉碎"四人帮"后恢复高考的第三年，他以优异的成绩考取了北京中央工艺美术学院陶瓷系，没有辜负家人的期望。1978 年 12 月，中共十一届三中全会在北京胜利召开，此次会议拉开了我国对外开放的序幕，至此，出国留学工作也随之全面展开，一批又一批中华学子通过各种渠道前往先进国家学习，娄述泽便是这些学子中的一员。

　　1981 年 12 月 26 日，娄述泽终于踏上了赴美求学之路。他来到美国旧金山，入读加利福尼亚工艺美术学院。当娄述泽的双脚真的落在了大洋彼岸的这块土地时，眼前的情景使他一下子惊呆了，那些精妙绝伦的维多利亚式建筑和浪漫怀旧的电缆车，给娄述泽留下极深的印象，让他永生难忘。娄述泽初来美国时他唯一的财产是两只皮箱和临行前母亲给他的30美元。30美元对美国人来说算不了什么，可是对一个普通中国家庭来说，能拿出这些已经是很不容易了。述泽深知这是母亲的一片爱心，因此，他在学习上拿出了拼命三郎的精神，早出晚归，专业课与英文补习同时进行。凭借着自己的智慧和在北京中央工艺美术学院学习时打下的基础，加上在北京中央工艺美院上学时转来的学分，他只用了两年的时间，便修完了全部课程。1983年，娄述泽在加利福尼亚工艺美术学院毕业，获美术学士学位。

娄述泽在加利福尼亚工艺美术学院毕业后，很快又转赴德克萨斯州立大学读书。在此期间，他曾以优异的成绩拿到奖学金，并作为指导教授的助教，教大一年级学生的基础课。1988年，述泽在该校毕业，获美术硕士学位。当年，他的那篇毕业论文《传统东方绘画在西方艺术影响下的再发展》，从美学的视角分析和比较了东西方文化在审美与创作意识上的不同之处，在校园内以及在整个德州的艺术界反响很大，也深得其指导教授、美国著名画家罗伯特·柯斗的赞赏，从那一刻起，更多的人开始把注意力集中到这位年轻的东方学子身上。

柯斗教授与述泽虽属师生关系，但是二位的交往颇深，他们经常在一起探讨东西方文化，不仅加深了述泽对西方文化的了解，也使柯斗教授对研究东方文化的兴趣更浓厚了。柯斗教授喜爱述泽的作品，他认为述泽的作品是在中国传统绘画的基础上又融入了西方绘画的理念，是东西方文化艺术撞击时所产生的一簇璀璨的火花，这簇火花，不但给人们带来一种全新的感官认识，而且也达到了震撼人心的艺术效果。毕业时，柯斗教授与述泽相互交换作品留念。直至今日，柯斗教授的那幅作品依然悬挂在述泽在维多利亚的家中。娄述泽说，每当观赏这幅画时，他都会联想起与柯斗教授在一起度过的那段最愉快、最美好、最难忘的时光。后来，柯斗教授多次到中国辽宁鲁迅美术学院讲学，他与同学们经常说，他是通过述泽才了解了中国的美术。1990年，娄述泽以优秀外国艺术家的身份，得到了美国国际交流总署的资助，赴纽约参加美国艺术家年会。这次活动使他大开眼界，收获颇丰，对他以后的艺术创作也产生了深远的影响。随后，为了迎接挑战，他来到枫叶之国——加拿大安家立业。加拿大的维多利亚是他在美国读书时就向往的地方，所以他把家安在了那里。述泽认为维多利亚有如世外桃源，那里朴实的民风和美丽的自然风光都令他格外喜欢。1994年，他在维多利亚创立了A&A画廊，子承父业，他很快便成为一位颇有名望的职业画家。他的画廊由于专营中国和加拿大艺术家们的原创作品，所以在北美有一定的影响力。自1998年始，娄述泽便组织和安排中国画家到加拿大举办画展或讲学，并且多次带领加拿大艺术家访问团访华，与北京中央工艺美术学院、北京师白艺术研究会、北京荣宝斋等单位、团体进行文化交流活动，为宣传祖国的书画艺术，为促进中外文化交流做出了突出的贡献。

2003年，娄述泽的第一本画集《娄述泽山水画选集》出版，其在中央工艺美术学院时的老师，也是其父亲娄师白的老朋友、著名画家白雪石先生为其题写书名。当白雪石先生看过述泽即将出版的作品的照片后大加赞赏，他认为述泽的画儿有传统，有笔墨，有生活，有新意，是当代中国山水画发展的方向。中国驻加拿大大使梅平先生闻讯，亲笔题写了"翰墨通古今，丹青贯中西"的题辞表示祝贺。父亲娄师白更是喜上眉梢，他为述泽取得的成就感到欣慰和骄傲。他挥毫写下了"师法自然，推陈出新"8个篆字送与述泽。字虽不多，其意却很深远，这无疑是对述泽的鼓励与肯定。维多利亚美术馆馆长巴里·提尔也为画集的出版撰写了前言。他在前言中说："娄述泽先生是我认识多年的好朋友。近年来，他的作品引起了我的注意。他在山水画中运用娴熟的中国画笔墨，驾驭着缤纷绚烂的色彩，在画面上营造出丰富的节奏、韵律和空间。他融合了传统中国水墨与现代绘画的表现理念，创造出了崭新的个人风格。"巴里·提尔不仅仅是维多利亚美术馆的馆长，他在加拿大美术界，特别是在东方艺术评论方面也有强大的影响力，他能够亲自为述泽的画集撰写前言，无疑证明了述泽作品的艺术价值。

定居加拿大是娄述泽艺术生涯中的一个重要转折点。在相当长的一段时间内，他把主要精力都投入山水画的创新上面。渊博的知识和丰富的阅历，不仅练就了他在异国他乡的生存本领，同时也为他钟爱的绘画事业平添了浓重的色彩。大家都知道，中国山水画在经历了1400多年的演变之后，已经趋于成熟，要想再发展谈何容易！经过反复研究，娄述泽终于发现，中国山水画由古至今，在云和水的描绘上手法不够丰富，较为单一，这就给当下的山水画家们提供了一个可供开拓的空间。他成功地把握住了这个机会，不断探索，不断深入生活，终于摆脱了古人只靠留白和勾线来表现云与水的方法，赋予了中国山水画全新的生命。《盛夏》这幅画便是他的代表作品之一。此画将东西方艺术融为一体，既有西方油画的浑厚逼真，又体现出民族绘画的深邃与意境。娄述泽用深浅不同的橘红色和紫色来装扮天空，并以映在水中的树木和天空来表现水的存在，这样的处理方法可谓是美妙至极。也许是画面的需要，也许是印在娄述泽脑海中的真实场景，他在红色的天空中点画了一群白鸟，也正是因为有了这群白鸟，才使得这幅本来显得有些寂静的作品充满了勃勃生机。

《冬日雪原》是娄述泽的又一幅精品力作。这幅画构图严谨、用笔洒脱，用墨亦有浓淡干湿之变化，为欣赏者再现了冬雪后原野的壮丽景色，同时也抒发了娄述泽对冬日原野的眷恋之情。细观此画，由远到近，由红到黑，由黑到白，由白见绿，简直是精美绝伦。画的天空亦是红色的，与其下面的墨色恰好形成对比，这就使夹在中间的白雪更加耀眼夺目了。看上去有些随意涂抹的几笔绿色，也让人顿然产生一种冬天即将过去，春天就要来临之感。一位加拿大的美术批评家说："此画甚美。美在搭配，美在组合，美在有一种超越自然的境界。"纵观娄述泽的山水画作品，大多描绘的是加拿大人熟知的落基山脉，以及太平洋西海岸的自然风光。随着时间的推移，他的作品赢得了越来越多的人们的喜爱，也赢得了西方艺术主流社会的肯定。娄述泽曾先后在加拿大列治文美术馆、金宝河美术馆、克玛斯美术馆等省市级美术馆及他的故乡——中国北京举办画展。加拿大多家电视台、报刊和北京的一些媒体，均对其画展做过特别的报道和专访。除此之外，娄述泽还曾兼任加拿大哥伦比亚大学、西蒙菲莎大学、维多利亚大学、马邱森国际艺术学院、温哥华岛大学和阿尔伯达省的红鹿城学院的客座教授。他在这些大学、学院内开设了中国画课程，成为一位名副其实的中国文化艺术的传播使者。通过努力，娄述泽获得了在西方美术界应有的地位，其作品也被大学、美术馆及各大公司广泛收藏。他的名字被收入《北美华裔艺术家名人录》等多部辞书。2008年，中国书画报出版的《北美华人百家书画集》也刊登其多幅作品。娄述泽现为加拿大美术家协会会员，并被授予世界杰出海外华人美术家证书。

2018年，娄述泽创作的《红妆》在加拿大不列颠哥伦比亚省悉尼美术博览会上获评审大奖。这个《红妆》系列作品是他艺术创作中的一个高峰。他用中国传统的宣纸、笔墨表现加拿大白雪皑皑的冬日景象。与众不同的是，娄述泽大胆地使用水粉、丙烯的朱红加在浓墨上，表现初冬枫叶的灿烂。这幅作品用强烈的色彩对比和大块的留白营造出雪原的寂静，河道中的白鸭又表现了生命的跃动。红、白、黑的三色对比，使得作品主调响亮。背景中厚重的红色在墨色的衬托下，产生一种跳跃的激情。娄述泽混用了西方的水粉和丙烯颜料，弥补了中国画颜料过于淡雅、不够厚重的不足。中国画的简练笔墨在这幅作品中依然表现得淋漓尽致，他用传统的中国画笔墨画出了加拿大人喜闻乐见的雪原风光，使观众对中国传统绘画媒介添加了一份亲切感。这幅获奖作品在开幕的当晚即被收藏。

娄述泽每年都要回国探望父母，在2010年回国期间，他应清华大学美术学院之邀，为当代艺术创作研究生课程进修班讲课。后又受聘于清华大学美术学院、云南师范大学、北方国际大学联盟等院校，任客座教授，他结合自己30年来在海外求学、艺术创作、美术教学和举办展览中的经验，总结概括地讲解了中国绘画在海外的发展、中西方文化的不同以及由此造成的对艺术理解的差异。对于中国画如何在海外发展和中国画如何在今天的世界一体化和信息化条件下继承传统、创新发展提出了自己的独特见解。他采用多媒体形式播放了自己的创新作品，熔西方绘画材料、审美观念与中国画传统于一炉的新形式。娄述泽的讲课观点新颖，切入实际，受到学校和同学的高度评价。

2024 年，加拿大维多利亚美术馆为娄述泽举办了作品展览，展览开幕式选在 2024 年 2 月 10 日，那天正是中国春节，龙年的正月初一。娄述泽的父亲娄师白先生曾于 1998 年在维多利亚美术馆举办展览，这天，儿子步随父亲的脚步，踏入了西方美术主流社会。

娄述泽虽然定居加拿大多年，但是在他身上却很明显地还保留着中国人的传统美德——孝顺父母。每年夏季，他与夫人黄捷慧总要接父母到加拿大住上一段时间，一家三代共享天伦。妻子黄捷慧也称得上是位贤惠之媳，她尽心孝敬公婆，使得二老非常满意。黄捷慧的文化底蕴也很深厚，她喜爱作诗，并经常向公公娄师白请教，一家人和和睦睦，欢欢喜喜，相处得十分融洽。2009 年，娄述泽再次回国探望父母，临走前他提出为二老在中国银行办理一个账户，存上一笔钱，供他们在京使用。父母坚辞不受，说自己经济状况还好，不用儿女担心。述泽劝慰父母说："我在海外，不能经常回来照顾你们，留下一些钱给你们用是我的心意。你们用了我也就心安了。"最后，述泽还是用父亲娄师白的名字在银行里开了一个账户，存上了一笔钱。通过此事，娄师白夫妇再一次体会到了儿子的一片孝心。

2018 年 8 月 24 日是娄述泽母亲王立坤的九十九寿诞，也是母亲的最后一个生日，述泽带妻携女专程来北京为母亲举办了庆祝活动。寿宴上，他用"热心、善良、宽容、忍让"这八个字高度评价了自己的母亲，使得在场的每个人都很感动，因为他的心是真诚的。在述泽的精心策划下，母亲的生日气氛热闹，老人感到万分高兴。2018年秋，在母亲生命的最后一段时间里，述泽和捷慧一起回到北京。二十多天的时间里，他们陪伴在母亲的病床旁，悉心照料。2018年11月5日，近百岁的母亲拉着述泽的手，平静安详地离开了这个世界，一生无憾。

娄述泽为人低调，生活朴素，但是，他却热心公益。2007年，当听说中国青少年发展基金会和香港苗圃行动，在加拿大为中国贫困地区的希望小学筹款时，娄述泽与夫人黄捷慧及捷慧的中学校友们立即行动了起来，大家积极参与，共同捐助了一所希望小学，目前这所小学已在四川省叙永县的石坝彝族自治乡建成并投入使用。在加拿大，无论是在赈灾、红十字会、癌症中心，还是在社区筹款的活动中，都能见到娄述泽的身影。娄述泽正准备以父母的名义捐赠一笔款项给国内的慈善机构，以这种方式回馈社会，纪念自己的父母。

细品娄述泽的人生经历，给我的感受是他所取得的每一份成就均与他自身的努力是分不开的。当他确定了人生的目标之后，便一步一个脚印地朝着这个目标奋力前行。尽管遇到过风风雨雨，千辛万苦，但是他坚定的信念和不达目标誓不罢休的那种顽强的意志一直没有改变，更让笔者感受到他对自己、对家人及对社会的责任感与爱心。

娄述泽在加拿大维多利亚的工作室

目　录

娄述泽先生艺术访谈录　王启明　/　1

纪念父母

父爱教诲 似水长流
——纪念父亲娄师白 100 周年诞辰　/　19

慈恩依在 永沐春晖
——纪念母亲王立坤　/　35

往事回味

李苦禅先生的一幅册页　/　50

王雪涛先生二三事　/　54

崔子范先生为小朋友作画　/　58

向黄胄先生求画记趣 / 62

忆白雪石先生二三事 / 66

忠厚谦逊的刘继卣先生 / 70

张伯驹先生为我作的一副对联 / 74

赵丹先生用茅台酒擦桌子 / 78

张君秋先生与居委会大妈 / 83

朱屺瞻先生印象 / 85

我收藏的周思聪老师的示范稿 / 88

怀 远 / 94

游于艺海

艺术的虚实 / 100

每一颗星星都会闪耀 / 102

美与不美的理由 / 104

泰山不让土壤 / 114

文化比较讲课稿 / 116

学习传统不要作茧自缚 / 122

主流与非主流和文化的多元性 / 126

从中国画的题跋说起 / 128

风吹不起虚无的帆 / 132

绘画中的抽象与写实 / 135

简单纯粹的加拿大画家 / 137

创作有感 / 142

过度解读 / 144

中国传统绘画中的现代因素 / 146

心境感悟

叩寂寞而求音 / 152

老安馆的来历 / 155

平常心 / 158

女儿本命年 / 161

弱小不等于无助 / 165

维多利亚的秋天 / 167

自然之歌 / 169

小红花的怀念 / 171

小学记忆 / 175

附 录

每依北斗望京华 / 178

千峰作草稿 / 179

荷塘意盎然 / 179

中秋寄思 / 179

闲 居 / 180

华清池 / 180

题虾趣图 / 181

瑞雪迎春 / 181

寄父亲 / 181

访秦始皇兵马俑 / 181

晚 霞 / 182

与你携手 直到永远
——写给化疗中的爱妻 / 183

娄述泽先生艺术访谈录

王启明

　　在加拿大温哥华访问期间，我非常荣幸地采访了著名的旅居加拿大的中国画家娄述泽先生。为了准备这次采访，我事先查阅了许多关于述泽先生的资料，并提前打电话给居住在维多利亚的先生，约定采访日期。因为我也是北京人，与先生自然就有了一种亲切感。先生热情地邀请我来维多利亚，并详细地告诉了我交通路线和地址。这是我第一次乘船从温哥华来到维多利亚，海上的行程非常惬意，碧海蓝天，阳光灿烂，海岸树木郁郁葱葱，远处游艇，白帆点点，沿途景色，美不胜收。船到维多利亚后，我驱车驶上 17 号高速公路，在导航的引导下从高速公路出口下来后，很快转入一片树木葱茏、花团锦簇的高尚住宅区。述泽先生家门前有一大片草坪，一株百年巨松，笔直挺拔，直上云天。大门旁有一丛翠竹，后院环绕着一排整齐的柏树。庭前数枝牡丹，几株山茶，开得姹紫嫣红，争奇斗艳，一片美丽和静谧。述泽先生热情地把我迎进客厅，迎面的墙上挂着述泽先生的父亲、著名国画大师娄师白先生两个苍劲有力的篆书"腾飞"。那是 20 世纪 90 年代父亲为儿子创业时题写的。

娄述泽作品 《早春》（*Early Spring*） 57cm×51cm

　　春天的到来是无声无息的。一夜春雨之后，万物复苏，你突然发现春飘然而至。那冬日里的枯枝败叶换成了一片郁郁葱葱的盎然生机。来不及具体地刻画，我捕捉的是飘来的春意，弥漫在空气中的春的气息。

现在，述泽先生正在实现父亲的愿望，在北美大地上展翅腾飞。

来到述泽先生设在二楼的宽大明亮的画室，墙面正中有一幅刘炳森先生的篆书"怀远"，旁边小字为"述泽老弟，临别留恋，炳森"。述泽先生介绍说："这是1981年年底，我离开中国赴美国上学时，炳森先生为我写的，原意有二，一是心怀要远，二是怀念远方的祖国。"

述泽先生待人热情周到，亲自为我沏了一杯云南普洱，入口既香又醇。述泽先生介绍，这是2012年先生应邀在云南师范大学讲学时，陈勇副校长亲自送给述泽先生的陈年普洱。面对平易近人的述泽先生，我很放松，同他谈话没有采访一位名家时应有的拘束和紧张。

我的采访从先生的住所谈起，久闻维多利亚是一座美丽的花园城市，气候温和，空气清新，但百闻不如一见，今天真是感觉到了这里世外桃源的风光。谈话间，窗外的树枝上有两只松鼠正在追逐，不知从哪里来的三只小鹿正在草坪上游荡。"这种景象已是司空见惯了。"述泽先生淡淡地说，"我喜欢安静，我喜欢维多利亚，这里最适合我。"先生的日常生活是登山，观海，读书，作画，远离应酬，远离尘嚣。难怪述泽先生在这种环境里创作出那些清新脱俗的作品，大自然的闲花野草、苍茫的落基山脉、郁郁葱葱的原始森林、静谧安详的冰川雪原都化作一股清泉，从述泽先生手中涓涓流出，自然而又生动地表现在中国宣纸上，如蓝天般的清澈，如秋水般的平静。

述泽先生对我说，他不把自己的作品界定在中国画的范围，在画展作品的画种类别表中他填写的是混合媒体。

我是用中国的毛笔、墨和宣纸作画，但是我的作品不限于中国画范畴。因为在我的作品里，我混入了水粉、水彩和丙烯等颜料，又借鉴了水粉画、水彩画、木板和铝板印刷等其他画种的技法。毛笔也不只限于中国毛笔。另外，我不想自己的作品加入是属于传统中国画还是现代中国画、是东方艺术还是西方艺术这类无谓的争论

娄述泽作品 《红妆》（*Cold Season*） 43cm×69cm

　　加拿大是雪的故乡。我喜欢观雪，踏雪，听雪。雪后的郊外是寂静的，雪后的空气是清新的，雪后的河水是凛洌的，雪后的万物是精神的。在这幅作品中，我融进了我对雪的爱，她的纯净、洁白、柔软和安详。我用黑白红三色来画出我心灵中的一方净土，尘世外的一片静谧的雪乡。红装素裹，分外妖娆。秋末初冬时节，一些变红的叶子仍然顽强地挂在枫树枝条上。这些尚未凋零的叶子，如火焰一样地燃烧着，那是生命最后的灿烂。

中。所以我的绘画属于纸上混合媒体。

我的作品风格属于我自己，艺术是一种活泼的自我表现形式。在我的作品里面，我混合了我所学到的、见到的，古今中外的表现形式，借鉴了不同画种的表现方法。绘画艺术是一个简单的、自然的、表达情感的视觉形式，是艺术家对自然的一种理解和诠释，是你用自己的绘画语言来表达对象的感受，你可以用写实的语言，也可以用抽象的语言，我选择一种最适合我的语言来表达我的内心感受。我在作画时，不考虑是东方还是西方，是传统还是现代，也不考虑是什么风格、什么套路的问题，绘画是一个简单的抒发内心感受的过程，越简单越好，越自然越好，风格是自然的流露，而不是扭捏造作出来的。

关于传统与创新的争论，其实清朝初年石涛说的"笔墨当随时代"这句话，就已经给予了答案。时代在前进，人的思想、审美都在变化，文化是流动的，没有一成不变的东西。东方有东方的特色，西方有西方的特色，可根据个人理解、爱好各取所需，鲁迅先生在《且介亭杂文》中有一篇文章叫《拿来主义》，里面讲得很透彻。

中国历史上的审美就一直在变化。环肥燕瘦，汉成帝宠爱掌上可舞的赵飞燕，以轻盈为美。唐朝人认为妇女以丰满为美，杨玉环的雍容华贵成为代表，但宋代又以体态纤瘦、一步三摇为时尚，中国历代文人酷爱妇女的缠足，脚以三寸金莲为美，但今天我们觉得那是对妇女的残害，不但一点美感也没有，还很丑陋。

现在互联网、微信、电子通讯、高铁、飞机等通讯、交通工具的飞速发展把整个世界的空间和时间都压缩了，地球变得越来越小，思想文化交流变得越来越快，东方与西方的文化界限越来越模糊。现在经济上已经做到世界一体化了，汽车、电脑、手机等产品已不再是由某一个国家独立完成的了，从配件到组装来自世界各地。在

娄述泽作品 《晓雾》（*Moring Fog*） 70cm×67cm

　　《晓雾》是一幅水墨作品，我用极简的水墨去表现北美西海岸的那种特有的晨雾。这是一种迷茫的美、静谧的美、宁静的美。这幅作品画得极为随意，而随意往往比刻意更为写意。父亲那时在维多利亚我家小住，甚为喜爱这幅作品，为我题写了"晓雾"篆书二字。父亲特意把字写小，对我说"字不能喧宾夺主"。这幅画承载着父亲的爱。

文化上也是一样的，各种文化借鉴现代科技的手段在互相学习、互相借鉴、互相融会。在今天，一个文化要把自己绝对封闭起来已是不可能的了。从广义上讲，中华文明也好、东方文明也好、西方文明也好，都是人类文明中的一部分，都是平等的，都是互相学习的。

从历史上看，传统与非传统、主流与非主流也都是相对的。我们今天提到石涛、八大、"扬州八怪"、齐白石，都认为他们是中国文化传统的代表。可是，在当时他们刚出道的时候，都是被传统排斥的，都是属于非传统非主流的。以石涛为例，当时他所处的时代，是以"四王"山水为正统的。齐白石先生的红花绿叶大写意花鸟画刚刚出来的时候，也是非正统的。他的白菜南瓜题材是与当时的士大夫的品位格格不入的。还有，19世纪末，法国印象画派画家也是一样的，印象画派画家的作品在当时是被看作非主流的，是被当时法国艺术沙龙排斥拒绝的。但是，后来变成了主流。后期印象画派画家凡·高，生前不被主流艺术家接受，受到画廊和收藏家的冷遇，今天倒受到画廊和收藏家的热捧，所以说主流与非主流是相对而言的。

关于齐白石先生的生平传记、艺术评论的重要著述，我基本都看过。我认为齐先生有四句话很重要。一是"作画妙在似与不似之间，太似为媚俗，不似为欺世"。二是"莫以诵古人姓名多为学识，莫以道今人短处为己长。要我行我道，下笔要我行我法，虽不得人赞誉，亦可得人诽骂，自不凡庸"。三是"学我者生，似我者死"。四是"画者，寂寞之道也"。这四条是齐白石先生艺术的精髓。特别是第四条，绘画创作要在无欲无求的环境下进行。现在社会心浮气躁、急功近利的风气对画家干扰太大。

述泽先生又讲了其父亲、著名国画大师娄师白先生提倡的"厚今而不薄古，基中可以融洋"的理念。

我父亲生前多次来到维多利亚过夏天，在这里他不断接触到西

娄述泽作品 《落基山印象》（*The Dream of Rocky Mountain*） 94cm × 150cm

　　初秋的落基山，有一种别样的美，空气中仍然弥漫着夏日的余晖。秋阳下，如黛的青山，层峦叠嶂，似王勃诗中的 "烟光凝而暮山紫"。山影倒映在碧绿的湖水中，天空蓝得醉人，金黄的树叶，闪烁在暗绿的树丛之间，这景象美得无法表述。大自然是把调色刀，把颜色的冷与暖、把质感的厚重、把肌理的粗犷、把生命的柔与韧，和谐地挥洒在天地间。绘画所表的，不及大自然的万分之一。

方的现代艺术，也考虑到传统中国画如何发展的问题。我父亲追随齐白石先生 25 年，是齐先生为数不多的升堂入室的弟子之一。他早年和中年都是在齐派艺术里面熏陶，但是到了晚年，他开始"变法"了。学习齐先生的"衰年变法"的精神，他自己刻了一方"衰年变法"的图章，在创作上开始了自己的新面貌。我父亲的《鸭场归来》《层林尽染》《丰富多彩》等作品都有自己的风格。他厚今不薄古，基中又融洋，在自己传统绘画的基础上开了一个新篇章。我父亲在治学上很严谨，但是又不拘泥于教条。我讲一个例子，我父亲古典诗词的根底很好，他晚年出了一套《娄师白吟草》，里面大部分诗句是在维多利亚小住时修改定稿的。当时我同他一起推敲平仄，查诗韵。早年作诗，他对诗韵要求很高，按六书通查韵，用韵用典均有出处。诗韵中，东与冬虽同音，但不同韵。空与虫为一东韵，钟与松为二冬韵。再有，随着时代的迁移，古诗韵中的许多字的读音与现代汉语不同，平仄也变化了。父亲也觉得严格地按六书通来查韵，有点不合时宜了。后来上海古籍出版社出了一本《诗韵新编》，是以汉语拼音为基础的现代诗韵全集。我父亲买到后，很高兴，认为一切都应随着时代的进步而进步。我父亲的诗韵，后来就以这本《诗韵新编》为标准。

话锋一转，述泽先生又谈到了文化多元性的问题：

北美文化体系是多元的。美国、加拿大是移民国家，国民来自世界各地。不同的种族、不同的信仰、不同的文化合成一个共同的国家。美国实行文化熔炉政策，加拿大坚持多元文化的主张，都是在创造一个条件，让世界各地、各民族的文化融汇、交流。我在北美三十几年的生活，感受最深的就是文化的多元性，这种文化不是排他的，而是相互借鉴、学习的，这样的文化充满生机。三十多年前，我离开中国去美国上学时，老师告诫我，到了美国要以百分之百的努力宣传中华文化。我一直为此努力，坚持不懈地宣传、介绍中华文化。我现在经常给由中国来加拿大留学的学生讲课，我对他们说："你们要利用在北美学习的机会，以百分之百的努力宣传我们中华

娄述泽作品 《冬日》（*Winter Sunset*） 69cm×138cm

    我的创作过程经历了观察、分析和感受三个部分。素材是在现实中收集的，作品是在工作室完成的。我坚持以情作画，没有激情的作品是没有生命的。我的激情是从心灵深处涌起的，是在观察、分析和感受对象的基础上，沉淀发酵后激发出来的。

    用宣纸作画的精妙之处在于墨色在宣纸上所产生的随意性、偶然性和不确定的效果，我喜欢在水墨交融的境界里随机应变地营造画面效果。这幅作品是我在宣纸上用中国画颜料混合丙烯颜料制作而成的。我用水彩的画法渲染突出冬日寒林的萧瑟和落日余晖的绚烂，描绘加拿大冬日落霞满天的景象。冬日有它严酷的一面，同时也有它壮丽的景观。我所表现的是人对自然、人对家园的敬畏和爱慕。

文化，同时也要以百分之百的努力学习西方文化，丰富自己。

在这样一个丰富多彩的多元文化社会里，我们要学会自信、平等和尊重。我们自信，是因为我们来自一个有 5000 年历史的决决大国，我们要把自己民族中优秀的东西发扬光大。同时，我们也要平等地对待其他民族文化，学习其优秀的部分，充实自己。还要尊重其他文化的差异性，不能用自己的喜好标准来衡量其他民族的文化。要尊重不同的观点、尊重不同的意见，对于艺术上的、学术上的、思想上的观念流派，你可以不同意它，你也可以讨厌它，但是你不能消灭它，你不能不让它存在。这是我对多元文化社会的体会。

述泽先生送了我两本画册，一本出版于 2008 年，另一本出版于 2013 年。我大致翻阅了一遍，几幅色彩强烈、构图简洁的作品跳入我的眼帘，这是述泽先生创作的《红妆》系列作品。在白雪皑皑的雪原中间，一片火红灿烂的树丛格外耀眼，强烈的颜色对比给银装素裹的大地平添了妖娆的风情。黑色的冰河在画面上蜿蜒，把观众的视线带进景色的深处，几片红叶或几只白鸭漂浮在河中，使严寒的冬天多了一片生机。这是纯粹中国式的审美，计白当黑的处理，大片的留白表现出白雪皑皑的体积感，与黑色的冰河，淡墨的冰凌形成强烈的对比。简单、丰富、冷峻、热烈，同时又是西方现代绘画中的极简主义的表现。

《红妆》系列作品是述泽先生比较满意的作品。首先这个系列作品的构图和色彩是先生自己创造的，有着东方的神韵和加拿大地域的风情。毫不奇怪这个系列作品在加拿大的几个重大展览中不断获奖，在加拿大美术界和市场上引起强烈的反响。述泽先生的创作态度是作画一定要有感而发，强调以情作画重于以法作画。以情作画和以法作画的不同在于以情作画，每张不同，以法作画，千篇一律。创作方法和表现形式的雷同是中国绘画创作的一个弱点。先生是在无压力的情况下释放创作激情。作画时如行云流水、任其自然。用先生的话说，是作画时胸有成竹，开画以后胸无成竹的结合。有时是意引导笔，有时是笔引导意。中国写意画的精妙之处在于它的笔墨在宣纸上所产生的随

娄述泽作品 《盛夏》（*Color of the West Coast*） 68.5cm×65.5cm

创作感言见第 13 页。

意性、偶然性和不确定性的效果，画家可以在水墨交融的境界里，随心所欲，随机应变，变化无穷。齐白石先生讲的"作画妙在似与不似之间，太似为媚俗，不似为欺世"，是中国绘画理论的精髓。

述泽先生的主要作品都带有一篇创作感言，也是精美简练的散文，这是在当时绘画创作中的情感记录。我抄录了两篇如下，作品《冬夜》的创作感言是：

北美初冬，一轮明月，白雪皑皑的原野上、树丛中，红叶飘零，如烛如火，展现着凄美的顽强，把握着生命的光辉。我喜欢中国画的简洁，以浓墨为水、素纸为雪来表达这深化的寂静。月色下的原野是看不清具体的物体和颜色的，我用白色的雪、橘红的叶、朦胧的树林营造了一个超现实的意境，希望我的观众在这里能有一个心灵的休息。河中的一群白鸭是凭空添加上去的，为的是给这幽静的冬夜，加入一曲生命博动的交响。

作品《盛夏》的创作感言是：

静静的河道，河道两旁幽深的树林，树林中参差不齐的枝丫，枝丫上青青绿绿的松枝，松枝摇曳在火红的落霞里。水中迷乱着树林的倒影，空中掠过白鸥的啼鸣。夏日的黄昏带给人的是欢快、热烈和爽朗。这是大自然的一角，这一角来自我的家园——第二故乡加拿大。

《盛夏》是我用东西方绘画混合媒介在宣纸上创作的作品。在北美艺术创作的二十多年中，我的大部分作品都是在宣纸上完成的，宣纸是东方绘画的根。在画面的处理上，我采用了拓印法、宣纸正反两面上色法、丙烯颜料混合稀释剂多次上色法等以达到我所期待的画面效果。

述泽先生是勤奋的，他不断地探索新的绘画方法。他让我看了许多他的

娄述泽作品 《腾飞》（*Homeland*） 68.5cm×70cm

　　这是一片广袤的原野，所有的水草都是自然地生长。这里没有约束，没有管制，植物、动物都是野生的，有着自己的生机。身在现代化的城市生活中，心却向往着远离喧嚣的那一片荒蛮水土。

展览作品，也让我看了许多他正在创作中的半成品，还有一些是他自己探索中的作品。述泽先生把他的作品分为三类，一类是展览用的，一类是自己为创作做准备的习作，再有一类是自己画给自己的、纯粹的、自我探索的作品。这类作品是画给自己的，如同头脑风暴，随心所欲，无欲无求。在这种放松沉醉的无意识绘画中，会给你带来新的灵感和新的想法，这是创作过程中很重要的一环。

述泽先生的年内日程排得满满的，4 月将赴美国加州圣利安多举办个人作品展览，5 月初去温哥华参加国际书画艺术研究中心成立的大会，并接受该会授予的特聘研究员证书，而后赴夏威夷，7 月又将去加拿大阿尔伯塔省红鹿城学院讲学。

在回温哥华的渡轮上，我仔细整理了这次采访的稿件。听先生谈艺术如沐春风，先生温文尔雅，谦谦君子，待人热情而不虚伪，谈吐自信而不嚣张。结合了自己切身的经历及在东方和西方两个文化中的深刻体会，述泽先生看问题角度不同，观点新颖，给人以新的启发。更为突出的是在今天这个喧嚣的商业社会里，述泽先生能远离浮躁，在无欲无求的境界里，潜心进行自己的艺术创作。我衷心祝愿先生在美国的展览成功！

娄述泽儿时与父母

纪念父母

父亲娄师白照

父爱教诲 似水长流
——纪念父亲娄师白 100 周年诞辰

　　2018 年 6 月 2 日是父亲 100 周年诞辰纪念日。父亲虽然离开我已有 8 年之久，但是父亲生前的音容笑貌依然常常浮现在我的眼前。父亲一生宽厚慈爱，心地善良，平易近人，乐善好施。在艺术创作上，父亲学识广博，治学严谨，博采众长，厚积薄发，擎齐派艺术之大纛，创基中融洋之新径。他在艺术世界里孜孜不倦地辛勤耕耘近 80 载，在诗、书、画、印四个方面取得了辉煌的成就。父亲在自己的绘画风格形成中，不断学习，不断突破。早年他全面继承齐白石先生的画风，20 世纪 60 年代，试图创新，70 年代后，在继承传统的基础上，在总结自己创新的经验上，他成功地塑造了雏鸭的艺术形象。以后又在传统的牡丹、藤萝、荷花等题材上逐渐形成了自己的风格。他尊重、学习和借鉴其他艺术流派，从不訾议别人，给我留下一个永远学习的榜样。

　　父亲历史知识渊博，文学修养深厚。幼时，父亲给我讲几位娄氏历史名人的故事。有娄师德的唾面自干之典故，告诉我做人要忍让，当时我不以为然。束发之年，父亲给我讲娄敬见高祖之事。娄敬托同乡虞将军要求面见汉高祖刘邦，

1936年父亲娄师白（右）与老师齐白石先生（左）

虞将军见他穿着寒酸，劝他换一套体面的衣服，娄敬直言："臣衣帛，衣帛见，衣褐，衣褐见。"父亲在教我不卑不亢的处世之道。父亲用自己的一生，言传身教，要求我谦虚谨慎，忠厚为人。

童年的记忆犹新，儿时常被父亲捉去研墨，研墨对于孩子来讲是极其枯燥的事情，我总是找借口逃避。有时想出去找小伙伴玩，又不能让父亲发现，就要猫腰低头从窗下蹑手蹑脚地溜出去。有时会被父亲大呵一声，捉住我后，父亲会大笑着说："难逃老夫法眼。"还有，就是在父亲膝上的回忆。小的时候，我总爱坐在父亲的膝上吃饭。父亲是一口酒一口菜地吃饭，不断地夹一点菜送入我的口中，这一顿饭基本上我是不用动手的。但父亲的快乐不在此处，他会偶然在我不注意时，在筷子上蘸一点白酒送入我的口中。小孩子的嘴一碰到烈性的白酒，一副龇牙咧嘴的样子，这时父亲就会开怀大笑。再有就是坐在父亲膝上看书的时候，父子各抱一本书，我一边看书，一边闻着父亲口里吐出的香烟的味道。那时，父亲的烟吸得很厉害，能把烟吸得滋滋作响。一支烟吸到半支时，他便把烟插到一只象牙烟嘴上继续吸，务必把一支烟吸尽为止。冬日的阳光，透过玻璃窗格，洒在室内的白墙上。屋里的煤炉烧得正旺，炉上的水壶冒着缕缕的蒸汽。父子相依，各看各的书，这是我的温馨静谧的童年回忆。

我从小的记忆里就是父母极为好客，家中客人不断。每到吃饭之时，父母总是留人吃饭。母亲招呼热情至极，亲自下厨，而总是最后一个上桌吃饭，无论多少人，无论饭菜够否，总是先让客人吃饱、吃好。后来，做饭的事情交给了保姆，但是接待客人、招呼学生的工作都是母亲在做。许多父亲的学生对母亲的嘘寒问暖、无微不至的关心我还记忆犹新。母亲出身大户人家，心地善良。她曾对我说过，旧社会的时候，乞丐遍地，每有要饭的来家讨饭时，佣人总用剩粥、馊饭来打发，而母亲总是给予新鲜的饭菜。她认为，来讨饭的，都是身体虚弱的，给人家剩粥、馊饭，更易生病。父

娄述泽向父亲学画

父亲为述泽作品补画枫叶

母平等待人，在家里，在饭桌上，无论是达官贵人，还是平民百姓，父母都一视同仁，这是父母身上的美德。

我们家中常常宾客满堂，来访的人极多，可父亲却很少外出拜访别人。但是为了我的学习，却亲自带我登门拜访几位大师，如李苦禅先生、周令钊先生、陈若菊先生都是父亲带我拜访的，再有就是周思聪老师。当时，我们住在白塔寺，周老师住在庆丰胡同13号，离我家不远。第一次是父亲带我步行去周老师家，见面时让我叫周姑姑。庆丰胡同13号是一个大院，有前后院，各有一个门，里面住了多位北京画院的画家。我常去打扰的除周思聪老师外，还有辛莽先生、张仁芝先生、肖玉明先生（胡蛮先生的夫人，我小学同学康乐的母亲），还有一位教我画画的赵秀焕老师，她当时住在周思聪老师家的楼上。

20世纪70年代，父亲在中国美术馆的北京市美展办公室协助工作，当时每年都要举行一次工农兵画展。我当时在北京日用杂品公司工作，每年会有一段时间被抽调出来，代表二商局为工农兵画展作画。抽调出来的人都是业余美术爱好者，很想得到专业画家的指点。为此，我托父亲的关系，请来周思聪老师给我们做辅导。父亲后来还骑着自行车来到我们的创作地点看画稿，这使我们这群业余画家受到极大鼓舞。

20世纪70年代初期，我跟父亲学画藤萝，枝条总是画得不好。父亲有一次看过我的作品后，走到画案前，把住我的手示范画藤萝的枝条，他让我感受他用笔的轻重缓急，顿挫转折。父亲说："藤萝的枝干画起来要像写字一样，要如籀如篆，有顿有挫，笔随手走，一气呵成。"几十年前的那次示范，我至今想起仍记忆犹新，每一笔都饱含着父亲深深的爱！

我1981年年底去美国留学。我的书架上珍藏着几盘20世纪

娄师白作品《牡丹》 96cm×60.5cm

80 年代的盒式录音带。在当时通讯极不发达的时候，父母用录音来表达他们对远方游子的关爱、叮咛和希望。这些托人远渡重洋带来的录音带，充满了父母的爱，珍贵无比，今日再放，双泪长流。父亲知道我将在美国大学开设中国画艺术讲座，特将当时中央广播电台英文节目中对他的采访和中央台英文版的齐白石艺术介绍录制一盘。而后，自己又另录一盘详细的补充说明，带给我作为讲课的素材。在录音中，父亲详细地讲述了齐白石先生艺术的特点，由虾、蟹、鱼、蛙的艺术形象的塑造，到如何在文人画的基础上吸收民间艺术的色彩，由齐白石先生的"衰年变法"，讲到他在绘画和篆刻艺术上的胆敢独造的创新精神。更为可贵的是，父亲讲述了自己的创作思想和创作实践，对花鸟画思想性、艺术性的理解。父亲说，画一朵花，花本身没有思想，但是，画家要通过这朵花表现画家的思想感情，画出画家的经历和感受，这就是风格。父亲又讲到，一朵花是没有时代性的，但是，不同时代的画家就画出不同的时代感来。因为不同时代的画家有着不同的政治、文化生活环境。我今日重听，仍备受启发。在录音中，父亲又谈到他正在研究西方印象画派作品，知道印象画派艺术受到日本浮世绘的影响。父亲几次提到，让我一定讲明白，日本浮世绘最早是受中国绘画的影响。在美国多宣传中国文化，是父亲多次叮嘱我的任务。

由艺术又谈到生活，他知道我在美国读书期间靠托裱中国画赚些生活费。他让家里的小保姆把她学到的另一种冲浆糊的方法详细讲出，父亲亲自操控录音机，反复录了两遍。父亲录音，一定将录音带正反两面录满，从不留空。为掌握录音时间和语言上表达的完整、准确，父亲为我录了一个通宵。妈妈说，父亲那夜，反反复复地讲，反反复复地录，稍有不满，即消掉重录。从录音带里听到那不断的暂停、录音的开关声，我想象得到父亲那熟悉的身影和认真的样子。父亲录了一整夜的音，吸了一整夜的烟。意想不到的是那夜之后父亲戒烟了。父亲后来对我说，那一夜吸烟吸伤了，以后再见到烟就不想吸了。

父亲 2004 年来加拿大我家小住时，带了几个极重的书箱。打开之后，都是国内出版的风景画册。父亲知道我在加拿大一直在做山水画创作，小有成就，他甚为高兴。特地不远万里带来资料书籍给我做参考。陪同父亲购书的学生

娄师白作品《多寿》　97cm×49.5cm

告诉我，那天父亲心情极好，选购图书不计成本，结账竟达人民币数千元。学生提醒，问是不是买多了？父亲连说："不多，不多，带去给述泽做参考，让他创新。"数年来，我的书架上有许多父亲带给我的书。凡在北京看到好书，父亲必买两本，一本自用，一本给我。书架上的《秋水轩尺牍》《诗韵新编》《常用字字帖》等书的扉页上都有父亲那熟悉的字体：述泽学习，泽儿可读，泽儿一览，下款乃翁。今再抚书见字，家翁已逝，遗爱犹存，不胜潸然。

2007 年夏，父亲在北京中国美术馆举办大型的个人展览。我于展览前回国，协助展览的筹备工作，并组织了一批加拿大的画家朋友来参加盛况空前的开幕式。当时父亲较忙，身体健康已开始出现问题，但他一定要亲自来酒店当面答谢这些远道而来的加拿大朋友。他表现的不是个人的礼貌，而是中华民族的待客之道。直至今日，这些朋友还保存着父亲同他们在北京的酒店大厅的合影。

2009 年，我回北京看望父母。九月初，父亲带我去北京一家电脑数字印刷公司看他的作品印刷样品，选出一张认为满意的作品，让我带回加拿大。回加拿大当日早晨七时许，我被一阵敲门声惊醒。开门一看，是在保姆陪同下坐在电动轮椅上的父亲。父亲说，昨晚想起交给我的那幅画左下角太空，要加钤一方压角章。因怕我打行李，所以提早赶来。父亲从怀里取出印章，亲自蘸满印泥，亲手按下印章，"三百石印富翁门下"，几个苍劲的朱文篆字赫然纸上。在北京初秋的阳光下，看着父亲乘电动轮椅远去的背影，我心里涌起一阵感动，父亲的舐犊之情何其深也。

自定居加拿大后，我经常把父母接来维多利亚小住半年，直到 2006 年，因父亲身体状况不适合远行时为止。父母在这期间过得非常舒心快乐。父亲喜欢这世外桃源般的环境，与世无争。这里的空气清新，阳光灿烂。这里海阔天空，绿水青山，适合吟诗作画。在这里，我同父亲把酒论诗（后来父亲把酒也戒了），纵谈古今天下事，无所不谈、无所不论。我们谈艺术，论传统，评创新，讲时事，有时虽有意见不一，但尽得其乐。父亲有诗一首，七律《看述泽》，写的就是当时的愉快心情。

> 故国红桃未吐芽，
> 温城樱树已开花。
> 他乡朝气清心野，
> 维岛春风蔚起霞。
> 牛老舐怜亲幼犊，
> 壮鸟反哺慰衰鸦。
> 半年相聚真惬意，
> 夏至冬回又返华。

1995年，我女儿振嘉出生。父亲更是高兴，经常来这里小住，除了吟诗作画之外，又添抱孙之乐。2002年，我新换一套住房，设大画室一间，父亲甚为满意。又作诗一首：

> 吾子新居设备齐，
> 窗开四面彩玻璃。
> 恒温电热疑天暖，
> 喜抱嘉孙笑弄饴。

父亲从来不理家务，但在20世纪90年代，来加拿大我家小住之时，却是我家的临时工。当时我女儿尚小，我们夫妻白天要上班，母亲基本上承担了照看孙女的任务。可是，母亲有时要出去买菜，要去邮局寄信，就要临时把孙女托给父亲照看。小孙女满处跑，爷爷就要到处追。虽然累，但是爷爷很开心。爷爷笑着对孙女说："你爸爸妈妈是长工，奶奶是短工，爷爷是临时工。"含饴弄孙，天下一大乐事也。当时父母在家里承担了每日接送孙女上小学的任务，虽每次要步行数公里，但父亲乐此不疲。家里每日都充满了三代人的欢声笑语。

文化艺术出版社出版的《娄师白吟草集》中的大部分诗稿的修订，是父亲在维多利亚我家完成的。我怀念那段幸福的时光，帮父亲查诗韵，对平仄，推敲字句，切磋诗道。父亲治学态度严谨，写诗作词时，必字字斟酌，一丝不苟。有时我半夜起来，常常看到在书房的灯光下，父亲仍在推敲诗句。父亲又有一首诗，题为《述泽新居》：

> 小院花坛红似锦，
> 门前草地绿如茵。
> 老夫在此敲诗句，
> 更喜无人乱扣门。

这首诗记的是父亲当时改诗的心情。这里的清静，和北京的热闹及繁华有着巨大的反差。维多利亚能使他安心作诗，潜心创作。但住了一段时间后，他就会觉得维多利亚安静得有点寂寞。父亲喜热闹，爱云游，所以，每半年父亲必回北京热闹一番。

2001 年，父母在我家小住时，收到一封由北京家里转来的信，这是一封求画的信。求画的人是四川一位上学的小女孩，她不幸得了白血病，身体和精神都很痛苦，不知能活多久。她非常仰慕父亲的艺术并想求一幅作品。父母看完信后，心情都很沉重。几天后，父亲为这个孩子画了一幅《牡丹小鸭》，并题诗一首。父亲把画亲手交给我，嘱我拍照后，用挂号信寄出。今天我找到这幅照片，父亲是这样题的：牡丹富贵受人称，送暖春风吹复生，莫道院中多寂静，嘎嘎鸭仔噪新生。辛巳冬八十三叟娄师白作于温城。数年后，我带加拿大画家一行到四川自贡访问，当地一位朋友特意找到我，他就是 2001 年父亲寄画的孩子的父亲。他特来表达对我父亲为他病重的女儿作画的感谢。孩子已经不在人世

此双鸭笔墨技法
深得吾法
真吾宛也
乃翁喜之

娄述泽作品《小鸭》

了，但父亲的画，满足了她生前的一个愿望。他对父亲的感激之情，溢于言表。我很感动，父亲撒下的慈爱的种子，由我收获了。这是父亲留给我的最大的遗产。

父亲的思想是开放的。他永远是怀着孩童般的好奇心和求知欲对待新鲜事物的出现。对于科学技术上的新发明、艺术上的新流派、学术上的新思路，他都不排斥，但也不盲目跟随。我带他走访了几位加拿大画家的画室，了解现代绘画艺术流派的形成，讨论艺术上的和而不同之道。父亲吃饭极慢，往往一顿饭要吃两个小时。在维多利亚时，常常是我陪父亲吃饭吃到最后。饭桌上是全家交流的好机会，也是我向父亲请教讨论艺术的大课堂。我们讨论最多的是中国画的创新和发展的问题。"艺术贵在创新，笔墨当随时代"，这是一切有创意的艺术家深明的圭臬。父亲的主张是"厚今而不薄古，基中可以融洋"。现代科技发展一日千里，通讯传媒日新月异，全球一体化的洪流势不可挡。所以，中国画的理念和技法不可能不更新、不发展。厚今为主，不厚今就追不上时代，但又不能在发展中忘掉传统。伴随着开放政策，大量外来文化涌入中国，中国画不受影响是不可能的。但是一定要在基中的原则上，吸收外来文化中有益的成分。中国画一定要有自己的时代面貌，中国画一定要改，一定要变。当时画坛上某些名人之后，打着父辈的旗号，以机械的抄袭、死板的模仿为能事。父亲很看不起这些人，痛斥这些人为啃老一族，一代不如一代，路只能越走越窄。我同父亲讨论过齐白石先生的绘画理论和实践，其实就是"学我者生，似我者死"和"胆敢独造"的创新精神。父亲身体力行地进行自己的创新，从他画的《石榴》《层林尽染》（见人民美术出版社《娄师白作品集》，第195、272页）都可以看到画风的一变。父亲有几方图章，如"衰年变法""再变画法"都在说明父亲一直不断地突破自己，力求在艺术上再创新高。

父亲在我家的画室内，创作了许多极具抽象意念的水墨画，只是他感到还不成熟，从未示人。有一天，父亲来到我的画室，对我说："爸爸想再变画法，有所突破。你画一幅6尺山水，我来补前景。" 我画了《落基山之冬》这幅作品，父亲认为还可以，他提笔补画了几排松树。松树用浓墨重彩，笔力雄健，墨色混合，厚重沉稳，与父亲以往的松树处理手法大不相同。许多朋友多次愿出高价购买这幅作品，但我一直珍藏着。这幅作品饱含着父亲对我的厚爱。

我今天可以告慰父亲的是，我的作品《红妆》在 2013 年加拿大 B.C. 省悉尼美术展览中，获得了组委会授予的评审奖。我的作品《樱花时节》在加拿大 B.C. 省亚洲艺术影响展览中获首奖。我的第三本画册也在 2013 年付梓，封面用的是父亲生前为我写的题词。

我的第一本画册在 2000 年出版时，当时的中国驻加拿大大使梅平先生为画册题词"翰墨通古今，丹青贯中西"，父亲为我的画册题写了"师法自然，推陈出新"8 个篆书大字，以作鼓励，排在梅平大使题词之后，这是父亲一贯的谦虚作风。我原想由父亲为我题写书名，但父亲认为由原中央工艺美术学院我的老师、著名山水画家白雪石先生题写书名更为恰当。父亲一向极少求人，但为此事亲自出面请白雪石先生为我题写了书名。

我在国内的几次展览都得到了父亲的大力支持。2002 年，广东画家莫各伯先生为我安排在广东东莞可园博物馆举办我的个人作品展览，同时希望我父母同去。当时父亲已是 84 岁高龄了，我征求父亲的意见时，父亲毫不犹豫地说："去，给吾儿壮声威。"那年夏天，父母双双南下广东，在东莞参加了我的展览开幕式和学术研讨会。父母同我的一家，祖孙三代在东莞团聚了两个星期，留下终生难忘的回忆。

2010 年 11 月中，得知父亲病重的消息，我返回北京，在父亲的病床前陪伴他半月有余。当我来到父亲的病床前，看到父亲时，见到了他眼睛里霎时的闪光。他在病床上看了孙女振嘉问候他的视频，脸上露出慈祥的笑容。我带了一份美国西雅图《西城时报》上刊登的有关我的报道，父亲像往常一样，戴上老花眼镜，一字一句地看。不同的是，这次父亲没有将报道全部看完，便要躺下休息了。每次当我提到女儿时，父亲都兴趣盎然，问孙女何时来北京看他。但这次我提到女儿明年暑假回来看他时，父亲竟然无语。我的心开始在下沉。临走前一天，去医院陪伴父亲。当父亲知道我回加拿大的第二天就要到维多利亚大学讲课时，他不断问我几点钟的飞机，几点离家，怕我赶不上飞机而耽误上课，并一再嘱咐我在国外多宣传中国文化。父亲拉着我的手，对我说："你，我放心。"这是父亲对我说的最后一句话。看着父亲虚弱和疲惫的身体，我不忍同他告别，一直陪在床前，等父亲入睡之后，我才离开医院，心里一片黯然。我依然怀着一线希望，希望父亲在春天到来的时候，春暖花开之际，身体能够慢慢恢复。夏天的时候，我的一家依然能像往年一样回来探望父母。十天之后，当我再返回北京之时，亲爱的父亲已经离我而去了。

父亲走得安详、坦然、无憾。送他最后一程的，有与他相伴58年的爱妻，有他的爱子，有儿媳和孙女，有众多的弟子，有数百位亲朋好友，还有那络绎不绝的敬仰他的各界人士。父亲丰富多彩的一生，画上了一个完整的句号。最后，父亲的棺木在亲人的护送下，缓缓地滑入那个永恒的隧道。我知道，在那一片灿烂辉煌之中，父亲将羽化、升华、回归天地。

父亲虽然离开了我，但他对我的教育、培养和关爱永远留在我心间。亲爱的父亲，我永远怀念您！

述泽画虾颇有
白石老人之笔意
予喜之 辛酉
巧翰题

娄述泽作品《虾》

慈恩依在 永沐春晖
——纪念母亲王立坤

　　我的母亲王立坤于 2021 年 11 月 5 日逝世。母亲的音容笑貌，那熟悉的神态，那慈爱的目光，一直在我眼前浮现。她是一位善良、热心、宽厚、忍让的母亲，在她那近百年的一生中，经历了许多不平凡的事情。她燃烧自己，温暖他人，为家庭、为父亲娄师白在艺术上取得的成就付出了毕生的精力。

　　母亲出身于大户人家，她从小就心地善良。对穷人和弱者有着强烈的同情心。她曾对我说过，旧社会的时候，乞丐遍地。只要有讨饭的人敲门时，母亲总是给予他们新鲜的饭菜，不允许佣人用剩粥、馊饭去打发人家。母亲认为这些人常年不得温饱，身体虚弱，健康情况本来就不好，再给他们剩粥、馊饭，吃出病来反而害了人家。母亲对当时的富人欺负穷人、强权压迫弱小的不公平的社会制度，非常痛恨。这是母亲在 1946 年进入南开大学学习后，一下子就被当时的共产党员学生吸引，融入进步学生的团体中，并多次帮助掩护进步同学由天津进入解放区的原因。

齐白石先生为娄师白、王立坤证婚
后排由左至右为胡絜青、郭秀仪、黄琪翔
前排由左至右为王立坤、齐白石、娄师白、寿洙邻

母亲的思想一直是积极进步的，在 20 世纪中期，母亲就投身妇女解放运动，主张男女平等。母亲认为，女人一定要有工作，一定要经济独立，才能在家庭中有平等的地位。由于母亲对当时妇女在家庭关系中的低下地位的不认同，致使母亲一度坚持独身主义。如何使妇女从家庭走向社会，最大的阻力是孩子。由于孩子小需要照顾，妇女便不能走出家门，只能留在家庭内相夫教子。不能工作便没有收入，经济不独立，在家里就没有地位，解放妇女先要解放孩子。在 1949 年中华人民共和国成立之前，母亲就投身于革命工作。第一份工作就是在北京刚成立的中国青年艺术剧院办托儿所，让妇女把孩子托出来，自己可以放心地走上社会找工作，体现自己的价值。在办托儿所期间，母亲一心扑在工作上，吃住都在托儿所，每天工作十几个小时，把每个小朋友的日常生活照顾得无微不至。中国青年艺术剧院托儿所曾经被全国妇联评为北京市东城区典型托儿所，赢得了领导和家长们的信任。母亲从事这个工作多年，一直做到中国青年艺术剧院托儿所的所长。中国青年艺术剧院的前身是延安青年艺术剧院，里面有许多从解放区过来的优秀的青年演员和导演，如孙维世、金山、陈颙等，当时的院长是廖承志同志。许多中国青年艺术剧院年轻演员的孩子们，都曾在托儿所受到过母亲的照顾。

母亲的心是宽厚的，是善良的。母亲在认识父亲时，已经知道父亲丧偶，带有一个 8 岁的孩子。母亲 1952 年同父亲结婚时，知道自己嫁过来后就要做继母，做这个非常困难、费力不讨好的角色。母亲在婚前做了充分的准备，把她在托儿所工作时对小孩子的一片赤诚热心、无微不至的关怀，带入这个新家，决心用自己的热心焐热一块石头。我在刚刚懂事时，母亲就跟我说："你遇到事情要让着大哥，他妈妈死得早，我们要多给他一些温暖。"在某些事情上，母亲有意主动吃些亏，有时也让我吃些亏，显示出母亲的一碗水端平。宁让自己吃亏也不让别人背后说闲话。她最怕别人说她是后妈，这个紧箍咒母亲自己戴了一辈子，以致让

娄述泽 1980 年与父母在深圳

娄述泽一家与父母在维多利亚

人误认为她的善良是软弱，忍让是退却，为此付出了许多不值得付出的代价。为了让父亲有一个舒适的家，能够安心作画，母亲多年来用自己的包容和忍让维持着这个本不和谐的家。

母亲对于孩子的教育方式在当时是超前的，在教育孩子的过程中，她一直以说教为主，坚决反对打骂体罚的方式。我是一个从小到大没有挨过父母打的孩子。母亲非常宠爱我，但绝不溺爱。小孩子总有犯错误的时候，犯了错误，母亲总是会耐心地跟我谈话，讲道理，从不厉声责骂。记得小时侯，有次说谎被母亲识破，母亲叫我去谈话。我先是哭闹耍赖，后是沉默对抗，但母亲不为所动，心平气和地一条条地跟我讲道理。我记得讲了整整一个下午，讲得我心服口服地认识到自己的错误，真心地对母亲道歉，并保证再不犯类似错误。这时母亲拉我入怀，在母亲的怀抱里，我感到母爱的温暖。从那时起，我知道自己无论犯了什么错误，面对什么困难，都不用向母亲隐瞒，母亲都会帮助我。

1976 年，开始恢复高考。当时全国各大学面对社会招生，父母鼓励我去报考，我全力以赴，但我的第一次报考失败。母亲知道后，一点责怪也没有，反而百般安慰，担心我受不了打击，她把自己的孩子想得太脆弱了。第二年备考时，母亲拼尽全力帮助我，替我做一切能替我做的事情。亲自去图书馆借出我所需要的资料，亲自带我拜访各门课的辅导老师，亲自做模特让我练习画素描头像，每天精心准备我的一日三餐。凡是我以考试为名提出的一切要求，家里都是一路绿灯。我于 1979 年考入中央工艺美术学院，那年我 24 岁，已经在社会上有了 8 年的工龄。现在想起来，在这考学的过程中，包含了多少父母的辛劳啊！

1981 年，国家开放出国留学，我提出要去美国上学，得到父母的一致支持。当时父母的朋友都不相信母亲会舍得把她唯一的亲生儿子送去大洋彼岸。而母亲则说："孩子不是我的私人物品，孩子大了，有他自己的生活。好男儿志在四方，应该给他机会去闯荡。只要不忘记母亲，不忘记祖国，他走到哪里我都放心。"如《触龙说赵太后》一文中，触龙劝赵太后所言："父母之爱子，则为之计深远。"父母真心爱子女就要放手让孩子自强自立，勇敢地面对挑战。我出国的那天，父母送我到机场。离别之时，父亲想到我孑然一身，远赴他乡，将在无亲无故的、陌生的美国上学，孤身面对未知，这时老人家泫然欲泣。但母亲却面带从容，鼓励儿子面对未知，大胆前行。母亲说："你像一只小鸟，勇敢地出去闯，受伤了就回来，家永远是你养伤的地方。"这里我看到了一位慈爱而又坚强的母亲，一位为了孩子的未来而不愿把孩子拴在身边的母亲，一位把鼓励给予孩子，把思念藏在心底的母亲，一位为了爱而放手的母亲，一位爱得伟大的母亲！

到美国上学后，与母亲的联系主要靠信件。当时一封信由旧金山到北京漂洋过海需要两个星期。在家里工作的小阿姨跟我讲过这样的事情，如果到该收到信的日子还没有收到我的信，母亲就开始着急，便会每日早早地站在大门口等邮差。如果送来的信件中没有我的家信，母亲那天就会非常地失落。母亲把我的每一封信都保留起来，在收不到我信的时候，便一封一封地翻看。为了不使母亲失望，我每个星期都会给母亲写一封信，汇报我的学习和生活，以慰母亲的思念之情。

母亲和父亲于1951年相识，从相识到结婚，没有花前月下。他们的爱情是在当时不断的政治运动中建立和加深的。父亲是在母亲的帮助和带动下，才能在政治上跟上新社会的节奏。在政治学习中，他们产生了友谊，发展了爱情。结婚之后，依然如此。父亲是"老运动员"，每次政治运动都会被波及，但每次都是有惊无险。当时母亲在文化部的下属单位北京图书馆工作，属于中央级。父亲的工作单位是北京画院，是北京市文化局的下属单位，属于地方级。母亲的单位比父亲的单位高一级。凡是大的政治运动来临之时，总是母亲先听到中央文件的传达。回家后，总是要和父亲讨论文件重点，让父亲做好准备。在我的印象中，每次到政治运动来临时，父亲就要不停地写检查、写交代。母亲的政治觉悟比父亲高很多，母亲经常花时间帮助父亲提高认知水平，每次父亲的检查都要由母亲逐字逐句地修改。记得小的时候，有一次我在夜间醒来，一看闹钟已是凌晨两点，房间里烟雾缭绕，父母还在书桌旁讨论着，只听母亲说："写白纸黑字的东西一定要慎重。"在历次政治运动中，不知有多少个不眠之夜是母亲陪在父亲的身边。

1974 年，母亲从北京图书馆离休了。从母亲离休以后至父亲去世这近 40 年中，母亲把全部精力投进了家庭，尽心尽力地营造一个舒适的家庭环境，使父亲全无后顾之忧，集中精力投入自己的艺术创作中。这为父亲后来在绘画艺术上取得的巨大成就奠定了基础。

1976 年之后，父亲的身心得到了解放，心情舒畅，迸发出了强大的艺术创作热情，一大批优秀作品接连被创作出来，在美术界的知名度迅速提高。随着社会活动越来越频繁，来家里探望拜访的人越来越多。这时，母亲担起了帮助父亲接待访客、收发文件的工作，避免这些琐事干扰父亲的艺术创作。有一次父亲向朋友介绍母亲时说："我的妻子王立坤身兼数职，她对外是联络部长，对内是机要秘书，对我的身体健康是护士长，对家庭是总管。我事业的成功，是因为我有这样一位得力的助手。"父亲在以后的国内、国外的讲学展览的各种活动中，都一定要带上他的贤内助。母亲还负责记录父亲的艺术创作和社会活动，用图书馆编目录的方式，分门别类，做了好几十盒记事卡片。这为 2004 年北京人民美术出版社出版《娄师白作品集》一书中的年表编辑，提供了极大的便利。父亲的艺术成就中有一大半归功于母亲的付出。

娄述泽一家为母亲过生日

母亲在生活上无微不至地关心照顾父亲，为了父亲的绘画事业，母亲担起了家庭的一切。1997年，由于城市改造，我们家由园宏胡同旧居搬入北苑新居。这时母亲已是78岁高龄，为了保证父亲不中断他的艺术创作，母亲安排父亲入住劳动大厦。母亲一人担起搬家的重任，在母亲的指挥和住家保姆的帮助下，她们有条不紊地把园宏胡同旧居大小12间房屋的物品全部搬入北苑新居。

父亲在《娄师白吟草集》一书中，有数首诗是写给母亲的。这里我选几首如下：

寄贤妻（一）
风雨同舟四五年，
半生坷坎已如烟。
老夫老妇能相助，
可谓前生定有缘。

寄贤妻（二）
阶级运动苦无停，
留用文人总受冲。
幸有贤妻腰板硬，
持家育子一肩撑。

诗里表现了父母之间在政治运动的风风雨雨中相互辅助、相互支持。在那个年代父亲不停地下放劳动、体验生活。在父亲经常不在家的情况下，母亲一人一边工作一边育儿，又要照顾年迈的祖母，里里外外一把手，一肩撑起这个家。

贤妻79岁生辰于加拿大
结婚卅载性相投，共济同舟竞上游。
七九年华身尚健，老来岁月乐无忧。

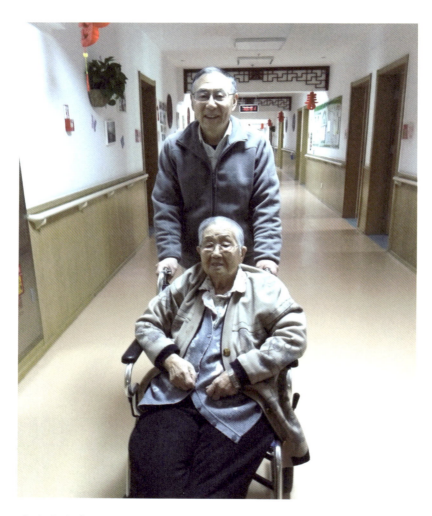

娄述泽陪伴母亲

任劳任怨存心好，节俭持家有运筹，

今日生辰开派对，维多利亚庆春秋。

      自 20 世纪 90 年代中期起，我每年都接父母来加拿大小住半年。他们在这里如闲云野鹤，悠闲自在。母亲 79 岁生日时，正住在我家，我邀请在维多利亚的一众朋友为母亲庆贺生日。在异国他乡有这么多的同胞欢聚一堂，父母当时非常高兴。看到老妻 79 岁高龄仍身强体健，看到儿子成家立业，事业有成，孙女乖巧，一家三代其乐融融，这就是父亲诗中的"老来岁月乐无忧"。

      母亲一生乐善好施，热心助人，总是把别人的困难当作自己的困难去解决。无论是 1998 年抗洪，还是 2008 年汶川地震，父母都在第一时间站出来捐款。20 世纪 90 年代初，母亲同父亲一起到湖南浏阳老家去寻根，在那里见到了许多从未见过面的娄氏后人，受到乡亲们的热烈欢迎。父母回馈乡梓，为当地小学捐款，改善家乡孩子们的学习环境。老家有个孩子因放鞭炮被炸伤了眼睛，母亲便把他接来北京治伤。老家有个孩子上了大学，希望能有一台个人电脑方便学习，母亲便解囊相助。还有一位远房的亲戚毕业后来北京找工作，母亲也收留在家，四处求助，帮她找到一份工作。工作后，她仍然住在家里，一住多年，直到房子拆迁时才离开。母亲一生中不求回报地帮助过许多人。

      母亲在父亲众多学生的心目中就像是一位慈祥、善良、热情、宽厚的妈妈。她平易近人，毫无架子，对父亲的学生，无论年龄大小、社会职位高低、专业还是业余都热情对待，对于弱者更加关照。父亲的学生都吃过母亲做的饭，都得到过母亲的嘘寒问暖，他们无论在生活上还是在学习上遇到任何问题和困难都愿意同母亲倾诉。哪位学生结婚，哪位学生有了孩子，母亲都会送上祝福。父亲过世多年后，仍有许多学生，每逢过节过年，母亲生日，一定前来问候。在母亲骨灰入葬的那天，父亲的几十位学生都来墓

母亲王立坤照

地祭奠，送他们敬爱的师母最后一程。

2011 年，北苑住所面临拆迁。母亲知道后对我说："按规定办手续，不要讨价还价，绝不当钉子户。国家的拆迁是有计划、有步骤的，不要拖延施工的后腿，不要给国家添麻烦。"按照母亲的意思，我们顺利地办妥了手续。这时父亲刚刚过世，母亲又面临拆迁，考虑到当时的情况，我和妻子捷慧准备接母亲一起到加拿大定居。母亲对此事认认真真考虑了一个星期，她告诉我们她决定留在北京。北京是她生活了一辈子的地方，有那么多的亲友、那么多的学生，还有她熟悉的环境。她不愿在 90 多岁的时候离开自己的故土。另外，她为我们夫妇着想，虽然以前母亲同父亲每年都来我家里小住半年，他们住得十分开心愉快。婆媳之间和谐融洽，一起出去时，还有人认为捷慧是父母的女儿。但母亲觉得如到加拿大定居，语言不通，环境陌生，什么事情都要依靠我们。母亲一生自主独立，不想影响我们的工作和生活。她决定入住北京的老年公寓，她认为：第一，有 24 小时专业医护人员照顾；第二，不给子女添麻烦，让我们可以放心地回到加拿大工作。母亲一辈子都是在为别人着想！我们尊重母亲的决定，母亲在北京东城汇晨老年公寓选了双人房间自住，因为她喜欢一个安静的环境。母亲入住老年公寓后，我们决定不辞退一直在家里照顾母亲生活的阿姨刘玉洁，留她在老年公寓陪伴母亲。在这里，我非常感谢刘姐对母亲晚年生活的照顾，她保证了母亲晚年的生活质量。虽然有这样的安排，但是我仍然不放心母亲，每年一定要从加拿大回国两三次看望母亲。春节一定陪母亲过，生日一定陪母亲过。母亲生日在八月，我同捷慧和女儿是一定要回来为母亲办生日宴会，同亲友和父亲的学生一起为母亲庆祝生日的，那时也是母亲最高兴的时候。

父亲过世以后，母亲本应安享晚年。但是在母亲 93 岁高龄之际，却要为保卫自己的遗产继承权益走法律诉讼程序。父亲生前的愿望是将他珍藏的齐白石先生、徐悲鸿先生的作品，以及他一生创作中的精品和印章捐赠给北京画院，由北京画院永久收藏。遗憾的是，在父亲逝世后，由于母亲的善良和轻信，这批珍藏的作品在家中失窃，被人匿藏别处。致使父亲的优秀作品在他逝世10年以后仍不能重见天日，至今无法与观众见面。每想到此，心中愤愤不平。父亲逝世之后，社会上出现一幅父亲丈二匹大幅《荷花》作品。法院一审判决此幅作品归我母亲所有。母亲当即表示要将这幅作品捐赠给北京画院，让我办理此事。我告知北京画院，北京画院表示欢迎，并同我和我母亲办理了捐赠手续。后对方上诉，二审在无确凿证据下竟改判此幅作品为我父亲生前赠与长孙女之物，捐赠一事至此落空。此事为母亲心中最大的痛，一生中最大的遗憾。

2018年10月，母亲病重，我和捷慧从加拿大赶回北京，二十多天的时间陪在母亲床前，陪伴母亲走完生命的最后一程。2018年11月5日晚间，我同捷慧陪伴在旁，我们拉着母亲的手，99岁的母亲安详地离世。母亲的一生光明磊落，正直善良，乐善好施，热心助人，给我留下终身学习的榜样。亲爱的母亲我永远怀念您！

往事回味

李苦禅先生的一幅册页

　　1976 年，"文化大革命"结束，遭受打压的知识分子和艺术家们，从思想压抑和精神禁锢的牢笼中解放了出来。冰雪开始消融，政治上的寒冬已经过去，经历了十年浩劫的人民终于迎来了春天。解除了束缚的人民可以畅所欲言了，多年来不敢往来的朋友可以自由探望了。戊午年（1978）春节后的一天，父亲要去看望李苦禅先生，我知道后要求一同前往。

　　我第一次看到李苦禅先生的画作是在"黑画展览"中。20 世纪 70 年代初期，周恩来总理要文化部组织一批老画家为国宾馆和接待外宾的饭店创作一批书画作品。后来这批书画作品和画家都成为被批判对象，苦禅先生的作品也名列其中。在这次展览中，苦禅先生有一幅画有八朵荷花的作品被"四人帮"指责为画家以孤零零的八朵荷花讽刺八个样板戏。对于这种文字狱式的诬蔑，我觉得非常地荒谬。

　　苦禅先生与我父亲同是齐白石先生的学生。我父亲拜齐白石先生为师时，只有 16 岁，是齐白石先生的入室弟子中最小的一位。齐先生名下学生众多，

李苦禅作品　39cm×46cm

但是被父亲称之为师兄的人极少，苦禅先生便是其一。苦禅先生年长我父亲19岁，早于我父亲拜齐先生为师。当时齐先生尚未成名，他独树一帜的风格被称为"野狐禅"，受到主流社会的排挤，学生不多。不像后来齐先生声名鹊起，慕名而来的拜师者就络绎不绝了。

父亲讲过苦禅先生拜师的情况，当时先生在北京学画，生活窘迫，靠拉人力车为生，但对绘画热情不减。看到齐先生的绘画风格，敬佩至极，亲自登门拜访，恳请收其为徒。齐先生喜其人，爱其才，收苦禅先生为徒，并不收学费。

苦禅先生20世纪50年代初在中央美院任教，由于工作受排挤与生活待遇低下，写信给毛主席诉说心中的不满。毛主席特派秘书田家英来家里看望，从此工作与生活待遇都得到提高。听了这些事情，苦禅先生在我心目中又多了一层传奇色彩。

见到苦禅先生时，先生已近80岁高龄，慈眉善目，鹤发童颜，讲起话来一口浓重的山东口音。我当时在北京珠市口大街上的一家景德镇艺术瓷器服务部工作，这是一家专门为外宾服务的陶瓷专营商店。由于店名不太直接，苦禅先生不知道这是一家什么商店。我告诉先生，这是一家专营景德镇瓷器的商店，苦禅先生诙谐地说："你是开瓷器店的。"苦禅先生对中国的陶瓷也有研究，对景德镇瓷器更是情有独钟，说那是"细瓷"。

苦禅先生喜热闹，善交友。20世纪70年代末期，苦禅先生家里总是宾客盈门。常见的访客大部分分为两类，一类是被平反等待恢复工作的老干部们，另一类是喜爱绘画，慕名而来求学受教的社会青年。苦禅先生作画时，画案边都围满了人，人越多，苦禅先生兴致越高。一天观苦禅先生作《大荷花图》，画荷叶时，先生用手横握大号斗笔，笔腹躺平于纸面，横涂竖抹，挥洒自如，大片荷叶，一气呵成。这是我第一次看到传统画家用这种执笔方法作画。苦禅先生年少习武，又喜欢京剧，高兴时即兴哼唱。为表现自己的武功，近80岁高龄的老人能双手高举过头，能单脚踢到鼻尖的高度。

一天，在我工作的商店里，进了一批高档的景德镇瓷器。景德镇瓷器的特征是白如玉、明如镜、薄如纸、声如磬。我看到其中有手工绘制的青花茶杯，质地高贵，造型典雅。想起苦禅先生对我说过喜欢景德镇的"细瓷"，便买了一对给苦禅先生送去。当时先生家中无客，我将茶杯拿出来，先生问道："这是你们瓷器店的？"当先生把茶杯拿到手里，眼睛一亮，仔细观赏，连声说好。看到先生那爱不释手的样子，我也很高兴。闲聊了一阵之后我便起身告辞，先生一把拉住我的手，说："你等一下。"然后自己起身去了里面的房间，一会儿，先生拿着一幅旧作来到我的面前，说："你送我一对茶杯，我送你一幅小画。"这是一幅水墨册页，画的是一棵白菜和几个蘑菇。题字是"山菌野蔬可爽心神"，先生把画放在画案上，取出毛笔，在画上加题了"述泽侄属画"几个字，又加盖一方印章，然后交给我。我心里很激动，从没有想过用两个茶杯换一幅先生墨宝。再三道谢后，我要了一张报纸把画仔细包好，放入书包，骑车回家。为这幅小册页，我回家后高兴了好几天。

回首一望，这已是 40 多年前的旧事了。苦禅先生已驾鹤西归多年，但先生的音容笑貌却依然历历在目。趁现在头脑清晰的时候，把这些小事一一记下，留为纪念。

王雪涛先生二三事

那是 1966 年初春，乍暖还寒时节。我父亲在被下放到北京密云县溪翁庄进行"社会主义教育运动"一年后，返京办事，暂住在家。一天，一位气宇不凡、步伐稳健的老先生来家里探访我父亲。他干净整齐，穿一件笔挺的呢子大衣，戴一副黑框眼镜，骨子里透出一股文人的清高和淡然，脸上有着不同常人的谨慎和谦恭，这便是著名画家王雪涛先生。

王雪涛先生和我父亲都是齐白石先生的弟子。王雪涛先生年长我父亲十余岁，早于我父亲拜师，是经过正式磕头拜师仪式的弟子，也是少数几位被父亲称为师兄的人之一。父亲讲，齐白石先生 20 世纪 30 年代在北京时，尚未成名，门庭冷落，那时拜其为师者不超过 10 位。不像后来，齐先生成名之后，自称为先生弟子的人不计其数。

在媒体上有很多关于王雪涛先生拜齐白石先生为师学画的报道。作为齐先生的入室弟子，父亲给我讲了王雪涛先生有多位老师的事情。20 世纪 30 年代的北京画坛是以陈师曾、陈半丁、王梦白等人为盟主的。齐白石先生，这个

王雪涛作品　70cm×41cm

从湖南乡下走出来的木匠，在当时北京文人画家的圈子里是受排挤的。还好，有陈师曾先生的欣赏和力荐，齐白石先生在北京才有立足之地。王雪涛先生师从王梦白、陈半丁两位先生，特别是王梦白先生对王雪涛先生极为关爱，视其为得意弟子。王梦白先生恃才傲物，狷介不群，口无遮拦，随意点评画友，不屑于齐白石先生的绘画。当时，齐白石先生与王梦白先生同时授课于国立北平艺术专科学校，齐先生课间休息时，从不进教员休息室，避免不必要的见面。父亲讲，有一天，有人拿了一幅王梦白先生画的一张半侧面仕女图，请齐白石先生照画一幅，大家认为齐先生一定不接受。谁知他画了，然后题道："此幅乃友人索予临王梦白，予略所更动，知者得见王与予二幅，自知谁是谁非。老年人肯如人意，有请应之。"齐先生把这两幅画都挂在墙上问大家这两幅画哪里不同，我父亲看后说："王梦白画的仕女，腰带没有系住，是松垮的；老师画的仕女，腰带是紧束的。"齐先生满意地笑了，说："是与非就在于此。"

由于性格原因，王梦白先生在北京画坛得罪不少同人，后寓居天津。生活窘迫，贫穷潦倒，于1934年46岁时病逝。王雪涛先生闻讯后，亲赴天津，为老师料理后事。由此可见先生乃忠义之人也。

王雪涛先生的另一位老师是陈半丁先生。陈先生当时是公认的北京画坛泰斗，对齐先生的作品有过微言。有人传话给齐先生，而齐先生则说："有人说半丁总在骂我，可是我不信，相反我让子如（齐先生之三子）拜半丁为师，要学好他那几笔功夫。"

陈、王两位先生对齐先生有门户之见，齐先生也知道王雪涛先生是他们的弟子。当时的社会风气是很少有人接受拜别人为师的人为自己弟子的，特别是在绘画、戏曲、中医等圈子内，都是各有门庭的。但齐先生惜王雪涛先生之才，并未受门户之见所困，仍收王雪涛先生为徒。而王雪涛先生忠厚老实，心无旁骛，专心学画，从不谈论其他画家，不传播画坛闲话，亦深受齐先生喜爱。王雪涛先生天资聪颖，勤奋努力，进步很快。几年后，齐先生为其题写"蓝已青矣"四字，取"青出于蓝而胜于蓝"之意，肯定王雪涛先生学画上的成就。

20世纪50年代，王雪涛先生正值壮年，精力充沛，组织北京中国画研究会，为解决北京画家的生活问题和艺术创作环境四处奔走，为北京中国画院的成立做出了巨大的贡献。画院成立后，负责画院的院务工作，为画院的成长付出了大量心血。

1957年，在当时"百花齐放，百家争鸣"的大形势下，王雪涛先生积极参加"争鸣"，并加入了中国农工民主党，不想几个月后，被打成"右派"，其中一条便是"火线入党"。中国农工民主党的创始人之一是黄琪翔先生，黄先生的太太郭秀仪女士是齐白石先生的女弟子，也是父亲的好朋友。我父母结婚时，黄琪翔郭秀仪夫妇与齐白石先生同为证婚人。黄琪翔先生与郭秀仪女士曾多次动员父亲加入农工民主党。父亲一贯不愿参与政治，对此犹豫不决。在同母亲商量时，母亲坚决反对，后没有参加，因此躲过一劫。父亲在许多重大问题上，都同母亲商量并尊重母亲的决定，这也是父亲在后来多次政治运动中都有惊无险的原因。自1957年"反右"运动中被打成"右派"后，王雪涛先生被免去一切职务，身心备受打击，从此脸上比别人多了一份他特有的谨慎和谦恭。

1975年冬，我去北京西城西斜街王雪涛先生寓所看望先生。当时正是隆冬时节，大雪纷飞。先生身披大衣，围炉而坐，身体有些衰弱，精神也大不如前，十年未见，苍老了许多。使我感动的是，先生为我画了一幅红梅。这幅报春的红梅给人以振奋和对春天的期望。画面是王雪涛先生独特的小写意风格，用笔娴熟而不俗套。梅花有的全开，婀娜多姿；有的含苞待放，昂首枝头。大干小枝，穿插错落，干湿浓淡，笔笔相连。最后，先生在墨色树干之上又敷上一层淡淡的三绿，生意盎然。整幅作品清秀、雄健、洒脱，还有齐白石先生大写意用笔的老辣。

值得为王雪涛先生庆贺的是，在先生有生之年终于等到"文化大革命"的结束，等到"右派"的平反，并被任命为北京画院院长，又能拿起画笔描绘欣欣向荣的祖国。王雪涛先生对北京画院的贡献将永远不会磨灭。

崔子范先生为小朋友作画

在我收藏的名家字画里，有一幅崔子范先生在 1961 年为我画的《柳树八哥图》，那年我六岁。

崔子范先生是原北京中国画院即现在的北京画院创始人和主要领导人。北京中国画院是 1957 年在周恩来总理的亲自关怀下成立的。成立之时，周总理亲临开幕式并讲话。首任名誉院长是齐白石先生。我的父亲娄师白是齐白石先生的学生，他在齐先生的推荐下成为进入北京中国画院的首批画家之一。

崔子范先生当时任画院副院长兼秘书长，也是画院的党支部书记。小的时候，听父亲讲，崔院长不但喜爱绘画，而且还是延安来的老革命干部，曾经在山东担任过行政公署专员，还见过齐白石先生。在我的想象里，崔子范先生是个像战斗英雄一样的高大人物。

20 世纪 60 年代初期，父亲有一批社会上的学生，每个周日上午来家里

崔子范作品　96.5cm×44.5cm

向父亲学画。父亲示范教学，一边画，一边讲。学生围在一起，看父亲作画，互相讨论。崔先生有时也过来看父亲画画，只是崔先生一到现场，满屋子的人便显得局促起来。崔先生身材并不高大，但有着革命战争的经历，在他身上有着一种刚毅沉着的气质，脸上有着不怒而威的神态。但是一开口，便露出和蔼的笑容。他见到我时，便会摸摸我的头，拍拍我的肩，非常亲切。在那个年代，父亲任画院花鸟组组长，因为家里比较宽大，所以画院的画家常常来家里开会，记得有一次大家来家里开会，随随便便地谈笑着，有个人看到院子里出现了崔先生的身影，说："崔院长来了。"轻松的谈话立刻变成了严肃的讨论。

崔先生的绘画作品颇有自己的特色。他酷爱大写意花鸟画，对齐白石先生非常钦佩。崔先生有时来家里借看父亲收藏的齐白石先生原作，和父亲一起切磋画技。崔先生的画，天真，拙美，幽默，夸张，用色鲜明，下笔大胆。在大写意画派里，独树一帜。后来看过一篇报道说，在20世纪50年代时，崔子范先生带作品向齐白石先生请教，深得齐先生的赞赏。齐先生认为崔先生的画大胆泼辣，独有新意，称赞说："你的画是真正的大写意，不要照我的画去画，照你自己的画法画下去。"

1961年春节，一批画家来家里聚会，大家挥毫泼墨，庆祝新春，那天崔子范先生也在场。我个子小就站在画案边父亲常坐的椅子上，看着大家作画。崔先生画了一幅《柳树八哥图》，画完一抬头，看到站在椅子上观画的我，可能由于他看到我的安静、乖巧、稚拙、认真的样子，偏过头来问我喜欢不喜欢这幅画。崔先生讲话带着浓重的山东口音，我听不懂。妈妈过来用普通话说一遍，我连连点头。崔先生居然说："那就送给你了。"他还问我的名字，要题上款。母亲把我的名字写给崔先生，崔先生提笔写道："娄述泽小朋友留念，一九六一年春节，子范。"崔先生来时，没有带图章。看到画作完成，有款无章，不完整，崔先生又在画上用曙红颜色画了一个图章。当我看到我的名字出现在崔先生的画作上时，太高兴了，爸爸妈妈连忙过来让我向崔伯伯致谢。后来我定居加拿大，父母过来探亲时，把这幅作品带来给我。

后来我知道崔先生年事已高，回到山东莱阳老家休养。我一直想等回国时去拜访崔先生，补个印章。但每次回国都匆匆忙忙，直到崔先生逝世也未能前去拜访，成为一个遗憾。虽然未能在这幅画上补上崔先生的印章，但崔先生能在自己的作品上画图章，这样的作品恐怕不多。这件特殊的作品值得我好好珍藏，这也是我人生收藏的第一幅名家作品。

向黄胄先生求画记趣

　　刘金涛先生，河北大汉，讲起话来嗓门洪亮，性格耿直、古道热肠、乐于助人。他从小学习裱画，技术高超，是中国裱画界泰斗级的人物。当年齐白石先生、徐悲鸿先生等大师级画家都专请刘金涛先生为他们装裱字画。刘金涛先生讲起自己的裱画经历，最让他骄傲的，是托裱蒋兆和先生1943年所画的巨型长卷《流民图》。此画长270cm，高200cm。无法找到这么大的托画案子，刘先生别出心裁，用北京的大马路做工作台，利用晚间，在马路上完成了这幅巨作的托裱工作。

　　由于早年为齐白石、徐悲鸿等大家托裱作品，刘先生在书画界辈分极高。中国各地的著名画家，他无一不熟。这些画家经常求他托裱作品，也送作品给他以表谢意。所以，刘金涛先生藏画极丰。我父亲与刘金涛先生相识于齐白石先生的家中，父亲是齐白石先生入室弟子，经常陪伴在老师家中。刘金涛先生为齐先生裱画，常来家里收送裱画作品。这样一来二往，两人便熟了起来。他年岁比父亲小，我称呼他为刘叔叔。

刘叔叔常来我家做客，进门之后，大嗓门直呼父亲原名："少怀[1]，我来了。"在 20 世纪 70 年代中期，父亲恢复了工作，可以在家画些作品。父亲不会托裱，一旦有作品要送展，便请刘叔叔来家里托画。国画托底比较简单，有时候刘叔叔直接把画托在客厅、卧室的墙壁上。每次干活完毕，父亲就请刘叔叔在家里吃饭喝酒。

1975 年秋天的一个晚上，刘叔叔帮父亲在家里托了一批作品上墙之后，父亲照例请刘叔叔留下吃饭喝酒。在饭桌上，我在一旁作陪，吃饭时无意地提到想求黄胄先生一幅画。刘叔叔喝酒正在兴头上，对我说："你想求黄胄的画？今晚叔叔就带你去要他一幅画。"我说："此话当真？"刘叔叔看着我说："叔叔什么时候骗过你？"转头又对父亲说，"少怀，你得送黄胄一瓶酒，我才好说话。"父亲欣然点头答应。

饭后已是晚上八点多钟，刘叔叔酒足饭饱，对我说："走，我带你去见黄胄。"我带了一瓶五粮液，跟着刘叔叔走在深秋的北京街头，寒风瑟瑟，但一想到今晚去到黄胄先生家求画，精神振奋，不觉一丝凉意。看一旁的刘叔叔，酒后满脸通红，正在精神亢奋中。就这样一老一少乘公共汽车来到当时黄胄先生在三里河的住所。来到黄胄先生住处，已是晚上九点半了。刘叔叔拍门直入，客厅里正有一位客人，黄胄先生正在客厅的画案上作画。黄胄先生一边画画，一边陪客人聊天，一心二用，两不耽误。客厅的墙上挂满了先生的画稿，椅子上、桌子上、到处都堆着书、画册和速写稿。在一摞书画上面有一张白纸，上面写着"很不欢迎翻东西"几个大字。听别人说，黄胄先生勤奋，一个月能画完几刀纸[2]，看来此话绝非虚构。

1 我父亲娄师白原名娄少怀。
2 一刀纸是 100 张。

黄胄作品　79cm×55cm

一会儿，先生画完一幅画，客人上前，向先生请求送他一幅画作纪念。黄胄先生立即回答："我的画不送人。"语气斩钉截铁。我听到心里一凉，先生的画不好求啊！过了一会儿，客人悻悻告辞。刘叔叔的大嗓门响了起来："我刚从娄师白那里来，跟他说黄胄没有酒了。他说我送黄胄一瓶五粮液，这不，派他儿子毛毛送来了。毛毛早就想求你一幅画了。"说着示意我把酒拿出来，我把五粮液拿出放在画案上。黄胄先生用眼睛瞟了一下，没有作声，继续一边吸烟，一边画画。我看到先生画的是一幅水墨毛驴。黄先生同刘叔叔拉起了家常，气氛开始活跃了起来，刘叔叔又讲起早年和齐白石先生的交往趣事，我也讲了"文化大革命"期间父母的经历。

　　黄胄先生画完之后，吐了一口烟。画面上一共七头生动活泼的毛驴，一头大驴，六头小驴，水墨淋漓，浓淡相间，错落有致。先生眯起眼睛，左看右看，提起笔来，在大驴的嘴上加了几条墨线表现缰绳。回头对我说："这张好，生动，这是速写的功劳。这幅画送给你了。"说着提笔写了"黄胄乙卯年秋"几个字，加盖了两方印章。能观摩先生作画过程，又得墨宝，我太高兴了，连声道谢。黄胄先生对我说："画画要多画速写。"

　　从黄胄先生家中出来已是晚上十点半了，我陪刘叔叔走到公交车站，快到车站时公车来了，还没容得我道谢，刘叔叔大步跑去，他要赶末班车回到在大北窑的中央工艺美院宿舍。每看到这幅黄胄先生墨宝，我就想起古道热肠的刘金涛叔叔，和他追车的背影。

忆白雪石先生二三事

2011 年 4 月底的一天，我打电话回北京问候母亲，母亲告诉我白雪石先生过世了。我听到这个消息，虽不感到震惊，但心情一下子沉重了起来，白雪石先生的音容笑貌立刻浮现在我眼前。

白雪石先生 1915 年生于北京，年长我父亲 3 岁。屈指一算，先生过世时已是 96 岁，算是高寿了。先生生前致力于中国画创新，自创带有个人风格的"白家山水"在美术界享有盛誉。在美术教育上辛勤耕耘数十载，教书育人，桃李满天下。晚年生活得到家人无微不至的照顾，得以高寿。先生德艺双馨，一生圆满。

白雪石先生、启功先生和我父亲都是出生在北京的地道北京人。白先生和启先生讲话时的语音语调、遣词用字与我父亲十分相似，都是一口老北京腔。比如我们说这只毛笔好用，他们说这管毛笔好使。某人同别人争吵发了脾气，他们就说某人"翻车了"，对办不成的事情他们会说"没门儿"，每当同这两位老先生谈话时，我就觉得特别亲切。

当年白雪石先生住在和平门，我家住在南闹市口内园宏胡同，相距不远。有时晚饭后便骑车去白先生的"何须斋"拜访先生，聆听教诲。先生性格谦和，为人厚道，衣着朴素，平易近人。请教先生问题时先生总是不厌其烦地耐心解答，有时提笔蘸墨亲自示范。没有空洞的说教，只有谆谆的诱导。坐在先生的"何须斋"里，真正体会到了"室雅何须大，花香不在多"的真正含义。我在 1979 年考入了先生任教的中央工艺美术学院，与先生成了真正的师生关系，在校内见到先生更觉亲切。

1981 年年底，我负笈美国读书，行前向先生辞别。先生对我讲了许多鼓励的话，对我说年轻人应该去国外看一看，闯一闯，要读万卷书，行万里路，思想要解放，眼界要开阔。当时正值中国女排在日本东京世界杯比赛中夺冠，以 3：0 击败巴西，全国一片沸腾，到处都在宣讲"敢打，敢拼"的女排精神。白先生当时也处在这种激动中，要求我学习女排精神为国争光。为了我这次远行，先生为我画了一幅《漓江山水》送给我。款识为"漓江春，述泽同学留念，辛酉，雪石写"。从我来到美国读书，后到加拿大定居，先生的这幅作品一直都在陪伴着我，祖国的山水永远在我心中。

2004 年，我回国在北京民族文化宫举办了一次个人画展。画展开幕前，我特意拜访了白雪石先生。先生当时年事已高，居然高兴地答应出席展览的开幕式。开幕当日，白先生在学生的搀扶下仔细地观看了我的作品，肯定和鼓励我在山水画创新中的探索，使我很受感动。展览结束后，我专程去先生的"何须斋"谢谢他。那天，他对我讲了他的绘画创作经验和他的"白家山水"形成的过程，使我受益匪浅。先生年轻时广泛临摹古人名画，有着坚实的传统基础。但在 20 世纪 60 年代，先生在参加了几次黄山、太行山、桂林的写生活动后，他觉得旧的技法不够用了。桂林的山光水色使先生迷恋，特别是漓江迷蒙的雨、桂林清润的山，

白雪石作品　61cm×46cm

还有那江边独特的凤尾竹，这些已不是传统青绿山水所能表现的了。先生在作品中大胆使用水彩、水粉颜料，用西方绘画中的以画水中倒影的方式表现"一湾江水绿，万点桂山青"的景色。先生告诉我，当时有人说这画法不传统，但先生不为所动，坚持自己的追求和探索。可见突破传统，创立自己的风格，并非易事。先生在自己的作品中融山水画中的南宗北宗于一炉，并兼收中国画与水彩画的技法，作品中的漓江、太行山、黄山是那样的俊秀、清润、严谨、轻快，最终形成了有自己独特风格的"白家山水"。

我的第一本画册是在 2000 年出版的，当时的中国驻加拿大大使梅平先生为画册题词"翰墨通古今，丹青贯中西"，父亲为我画册题写了"师法自然，推陈出新"8 个篆书大字，以作鼓励。他的题词排在梅平大使的题词之后，这是父亲一贯的谦虚作风。我原想由父亲为我题写书名，但父亲认为由原中央工艺美术学院我的老师白雪石先生题写更为恰当。父亲一向极少求人，但特为此事亲自出面请白雪石先生审阅我的样书，他同白先生讲："你的学生要出画册，请老师看看合不合格。"先生看过我的作品非常高兴，他特别提到中国画一定要创新，一定要有时代感。先生题写了"娄述泽山水画选集"，一共写了两条，供我选用。2008 年，当我出版第二本画册时，依然选用白先生题写的书名，因为这里包含着长辈对晚辈、老师对学生的爱护和鼓励。如今，先生已逝，但先生慈善的面容、和蔼的微笑将永远留在我的脑海里。

忠厚谦逊的刘继卣先生

我很小的时候就已闻刘继卣先生大名，那是因为儿时看先生所绘的连环画，如《鸡毛信》《大闹天宫》等，这些书都是在小朋友中享有盛名的。那时不认识刘继卣先生的卣字，特别问了父亲才知道其读音。

第一次去刘继卣先生家，是为父亲送一封信给刘先生。当时我家住在白塔寺，刘先生家住西四，两家相距不到1公里。我按地址找到先生住所，那是一座精致的独门独户的小院落。虽然临街，但是有一条长长的过道，使大门和大街拉开了距离，显得安静清幽。刘先生的太太裴立阿姨，持家有道，把房子打扫得一尘不染，室内窗明几净，院子里干净整洁。在生活上，裴立阿姨把刘先生照顾得无微不至。他们有二女一子，住在一起，是个非常幸福温馨的家庭。刘先生给我的第一印象是一个忠厚谦逊的长辈，脸上带着平和的笑容，非常亲切。熟悉以后，便常常去刘先生家看他画画。刘先生画画时，全神贯注，专心致志。一幅画从全局把控到细节处理都认真严谨，一丝不苟。先生的这种创作态度给我留下了深刻的印象。

刘继卣作品　69cm×56.5cm

刘继卣作品　58cm×51cm

先生作画，先用大笔挥洒，以定构图走势。有时握笔直上，有时顺势拖笔下行。用笔灵活，左右飞舞，上下连贯，一气呵成。先生娴熟的用笔功力是和多年的练习分不开的。见过几次先生画兔子、松鼠等小品，用笔虚实相间，灵动秀逸，把动物可爱、活泼的特性，表现得惟妙惟肖、精彩绝伦。

先生知道我属羊，特别画了一幅《山羊图》送我。这幅作品构图新颖，不落俗套。在笔墨上，浓墨不滞，淡墨不薄。先生尤其善用色，巧妙处理墨与色在画面上的关系，墨与色浓淡相间，互不争夺，清新雅致。在色调统一的前提下，务求色彩的丰富和变化，有着刘先生强烈的个人风格。

20 世纪 70 年代中期，我在北京市第二商业局下属公司工作。有一年，北京市场牛肉供应奇缺。为保证春节时的市场供应，北京市第二商业局马上组织人员赴西藏赶运一批牦牛入京。赶运人员历尽千辛万苦，终于赶在春节前将这批牦牛运到北京，保证了首都的节日供应。他们圆满地完成了任务，受到中央领导的表扬。二商局领导觉得这件事情应该大力宣传，特意抽调了我们几位业余美术爱好者，要求我们画一幅《千里送牦牛》的作品，参加当时每年一度的北京市工农兵美术作品展览。当时我们几个人谁也没有见过牦牛，不知如何画，一筹莫展。这时，我想起了以画动物著名的刘继卣先生，便去先生家里请教。刘先生非常热情地接待了我，仔细地给我讲解了牦牛与黄牛的不同。牦牛的毛厚而长，才能起到御寒保暖的作用，使它们能存活于寒冷的青藏高原。牦牛体型方厚，便于驮运货物。刘先生还为我画了一幅牦牛的示范画，后题了"为述泽同志画藏牛图"，这幅画我一直珍藏至今。

刘继卣先生是一个忠厚谦逊、淡泊名利之人，也是一位确确实实的大师。他既多才又全面，大写意、小写意俱能。可以画连环画，也可以画数米的巨幅大作。人物画从白描到重彩，动物画从狮子、老虎到松鼠、兔子无一不精，花鸟山水无一不通。可惜的是，刘先生过世太早，才 65 岁，这正是一个画家的黄金时期的开始。若假以时日，刘先生在艺术上的成就不可估量。我觉得自己非常有幸曾受教于这位德艺双馨的艺术大师，并得到先生赠予的墨宝。

张伯驹先生为我作的一副对联

　　张伯驹先生是一位名士奇人，一生经历了大起大落、大富大贫，可谓波澜壮阔。先生是河南项城人，袁世凯的表侄，出生后就被过继给伯父，清末直隶总督及后来的河南都督张镇芳。从小生活养尊处优，锦衣玉食。先生聪颖好学，7 岁入私塾，9 岁能作诗，有"神童"之称。后进入金融界，任盐业银行高管。但先生不慕钱财，醉心于戏曲，结交全国各地名伶，喜爱粉墨登场。先生才高八斗，学富五车，在诗词书画上面，造诣高深，绝伦超群。后又痴迷于文物收藏与鉴定，成为民国时期的收藏大家。先生年少时风流倜傥，与张学良、袁克文、溥侗一起被称为"民国四大公子"。

　　张伯驹先生一生中，为民族，为祖国做过一件功德无量的大事：在民国战乱之时，为了防止国宝文物流失海外，曾散尽家财，买下许多散落在民间的顶极书画作品。其中有陆机的《平复帖》、展子虔的《游春图》、黄庭坚的《诸上座帖》、杜牧的《张好好诗》、赵孟頫的《千字文》等。目的并非为了个人收藏，而是让这些文物永远留在祖国。先生在 1956 年把这批价值连城的收藏品捐给了北京故宫博物院，捐的是文物，表现的却是这位民国老人

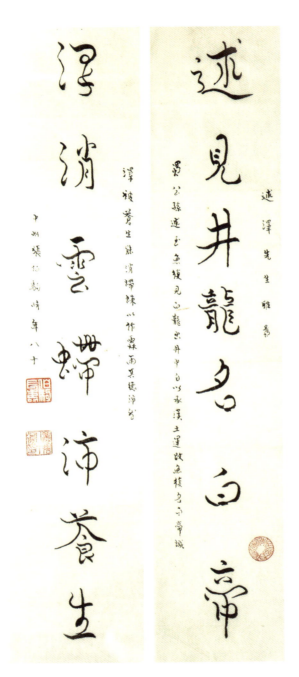

张伯驹作品　62cm×13cm×2

的一片满满的爱国情怀。

在 1957 年的"反右"运动中，张伯驹先生被打成"右派"，一下子从文人、名士、收藏家的高台上跌落下来，被发配到东北劳动改造。幸有陈毅元帅关照，安排到吉林省博物馆工作，负责文物鉴定。这是先生一生中的大起大落。"文化大革命"期间，张伯驹先生一家饱受迫害，家徒四壁，一贫如洗，生活没有来源，只能靠亲友接济。从前居住豪门大院，后来斗室蜗居，这就是先生一生中经历的大富大贫。

1972 年，陈毅元帅病逝。张伯驹先生不忘旧情，作了一副七十二字挽联，哀悼陈毅元帅。

"仗剑从云作干城，忠心不易，军声在淮海，遗爱在江南，万庶尽衔哀，回望大好山河，永离赤县；挥戈挽日接尊俎，豪气犹存，无愧于平生，有功于天下，九原应含笑，仁看重新世界，遍树红旗。"

出席陈毅元帅追悼会的毛泽东主席看到这副挽联大为感叹。后来，周恩来总理把张伯驹先生安排到中国文史馆工作，他的生活才算有了保障。先生一生，跌宕起伏，无论生活安逸与动乱、富有与贫穷，先生都以一颗平常心对待，宠辱不惊，淡然处之，这种心态使得先生享有高寿。

1978 年，80 岁高龄的张伯驹先生用我的名字作了一副对联送我。上联是"述见井龙名白帝"，下联是"泽消云蟒沛苍生"，上下两联皆用典，可以看出先生知识的渊博、诗词功力的深厚。"述见井龙名白帝"，借用的是公孙述在四川把鱼复改名为"白帝城"之事。公孙述是西汉末、东汉初的人物，曾任辅汉将军兼任益州牧，治蜀颇为成功，民众归附，声望极高，自称"蜀王"。一日公孙述在鱼复见井中出现一条白龙，便将鱼复改名为"白帝城"，后自立为帝，称"白帝"。"泽消云蝀沛苍生"，指的是泽被苍生，雨消蝀蛛（虹的意思）化作甘雨，滋润农田，哺育万物，恩泽惠及众生，其德沛然。先生用自己的理解，把我名字的意义延伸了。

这副对联是张先生用自己独特的"鸟羽体"书写的，线条飘逸，用笔婉转，如春蚕吐丝，姿态万千，与先生早年书法有很大不同。先生早年学王羲之《十七帖》，后来到中年时，临摩蔡襄的《自书诗帖》多年。学习各帖功力深厚者众，但"师古"而不"泥古"，在学习前人的基础上，又能自创风格者少。我觉的先生的书法与他的文人名士的气质十分相符，没有浮躁繁华之气，飘逸淡雅，如羽飞天。"鸟羽体"是中国书法这棵大树生长出来的独特的一枝。

赵丹先生用茅台酒擦桌子

1978 年到 1979 年之间，为了筹办第四次全国文代会，在此之前被停办的"美协""影协"等文艺界协会开始恢复了工作，陆陆续续地召开了全国代表大会。这是在粉碎"四人帮"后的第一次全国性的文艺界盛会，许多受到打击迫害的文学艺术家得到了平反和恢复名誉。他们心情舒畅，精神焕发地从全国各地赶来参加大会。

夏日的一天，父亲召集我们全家人一起，他告诉我们，来北京参加会议的赵丹先生和亚明先生要来家里做客，父亲要请他们吃个午饭。除了两位先生外，还有数位陪客。因为家里吃饭用的那张八仙桌坐不下这么多人，父亲决定把八仙桌移走，把作画用的大画案上的毛笔、颜料、砚台、水盂等东西搬走，用大画案暂作餐桌招待客人。请客的饭菜是当时在北京西四的同和居饭庄定的，到时由工作人员送来。为了招待客人，父亲特地开了一瓶存放了多年的茅台酒。

赵丹先生和亚明先生是我耳闻多年的著名前辈，这次有缘相见心里很是

亚明、赵丹合作　65cm×33cm

赵丹（左）、娄师白（中）、亚明（右）在娄师白家

亚明作品《黄山雪》　　34cm×69cm

激动，心想不知能否借机得到二位先生的墨宝。赵丹先生是 20 世纪 30 年代家喻户晓的电影明星，影帝级的人物，我只知道先生与白杨同演过电影《十字街头》，又与周璇同演过电影《马路天使》，遗憾的是，这些电影，我从来没有看过。但是，我看过新中国成立后赵丹先生主演的《林则徐》和《烈火中永生》等影片。我那时二十几岁，对赵丹先生怀着对明星般的崇拜。另外，我也知道赵丹先生原本是学习绘画的，早年考入刘海粟先生创办的上海美专，师从黄宾虹、潘天寿等先生，后来弃画从演，在演艺界声名鹊起，以致许多人不知道赵丹先生原本是科班美术生这段经历。听说先生 1976 年之后没有演出机会，就寄情丹青，重拾书画。长期以来赵丹先生在绘画上的才华被他在演艺界的光芒掩盖了。1980 年，在赵丹先生病逝后，中国美术馆特别举办了《赵丹书画遗作展览》，以纪念这位在书画和演艺两方面都有杰出贡献的艺术家。

亚明先生是著名画家、江苏画院副院长、江苏美协主席，也是江苏的"新金陵画派"的主要代表和领袖人物。大家尊敬地称亚明先生为亚公。亚公还有着其他著名画家所没有的特殊经历，他 16 岁参加新四军，在抗日战争和解放战争中，一手拿枪一手拿笔，为中国革命的胜利做出了自己的贡献。由于亚公的革命经历，他在全国解放后就一直做文艺界的领导工作，并多次率团出国访问。

亚公自身带着领导者的气质。他雍容潇洒，举止稳重。但与人交谈起来，就变得谈笑自如、诙谐幽默。亚公一到，就成了一屋子人的中心。亚公喜讲自己早年参加新四军的革命经历，还有一些战斗故事。亚公在"文化大革命"中被打成"黑帮"，深陷囹圄，正是靠着这段革命经历，亚公才尽早地被"解放"了出来，回到领导位置。在当时的特殊环境中，亚公还保护了江苏许多受到冲击的著名老画家，使他们免受更大的迫害。

赵丹先生自称与监狱有缘。新中国成立前在新疆被关押了 5 年，"文化大革命"期间被关押了 5 年，一共 10 年。先生叹道："人生有几个十年啊！"

赵丹先生讲到他 1976 年以后恢复名誉，重获自由。得知有一部电影在物色扮演周总理的角色时，他异常激动。周总理对赵丹先生来说是非常亲切和熟悉的，他对周总理有着由衷的敬爱和钦佩。几番努力，终于争取到试镜的机会。为了演好他心目中的周总理，他花了大量的时间和精力做准备，能演周总理是他当时最大的一个愿望。赵丹先生说着从口袋里摸出几张照片，让大家传看。我看到是熟悉的周总理形象，俊朗的脸庞，两道浓眉下，一双炯炯有神的眼睛。原来是赵丹先生扮演周总理的试妆照，大家都说真像，不但形像，而且神像。遗憾的是，由于某些原因赵丹先生未能最后入选。这件事对赵丹先生来说，是一个遗憾，也是一个打击，可以看到赵丹先生谈起这件事时的沮丧。在从大家手里收回照片的时候，赵丹先生一不小心手臂碰倒了桌上那瓶开了盖的茅台酒，一股清泉带着浓烈的酒香从瓶中涌出，流到桌上。坐在旁边的正是嗜酒如命的亚公，亚公一把扶起酒瓶，然后俯身，低头，用嘴在桌上吸吮起来。几口过后，桌上只留下一些酒的残液。请小阿姨拿来抹布擦干桌子，由于人多，坐得拥挤，小阿姨过不去，只好把抹布递给了身材高大的赵丹先生。先生拿起抹布擦起了桌子，亚公在旁边说："你拿茅台酒擦桌子，太浪费了。"赵丹先生说："我该罚，今天给各位擦桌子。"一边说着，一边加大了动作，擦的面积也越来越大。大家笑了起来，这是两位艺术大家身上的率直和天真。

酒足饭饱之后，把餐具撤下，又摆上了作画工具，大家开始挥毫作画。我是宾客中年纪最小的，只敢拿了一幅小纸走到亚公旁边请先生画一幅黄山。亚公是安徽人，对家乡的黄山情有独钟。亚公展纸静观，略一思索，然后下笔如风，笔随意走，如行云流水，一幅雪中黄山一挥而就。山石用简笔勾出轮廓，群峰在雪中若隐若现。全幅水墨，不着一色，把黄山的奇险、雄浑和壮丽表现得淋漓尽致。完成之后，亚公颇为满意，在画的右上角题了"黄山雪"三个字。一位何姓先生，为我画了一幅虾，赵丹先生看后提笔加补了几片水草，亚公提笔写款："何大叔为述泽侄写，戊午夏日，亚明题，另阿丹补成。"这两幅画一直保存在我的收藏品中。每看到这两幅作品就想到亚公吸吮茅台酒和赵丹先生擦桌子的趣事。

张君秋先生与居委会大妈

　　1985 年，我从美国回国探望父母，住在北京园宏胡同的父母家里。一天下午大概三点钟，门铃响了，父亲的好朋友、京剧界著名的四小名旦之一，张君秋先生来访。张先生长着一张十分俊俏的脸，讲起话来声音异常柔美。

　　父亲年轻时是京剧发烧友，常常粉墨登场，喜演小生，经常扮演周瑜。记得小时候，一次妈妈带着我去看戏，妈妈指着台上的一个头上戴着两条翎子、背上插着旗子的人说，那是爸爸。看着爸爸在台上威风凛凛的样子，我自己在台下也变得神气起来。

　　张君秋先生喜画，常常自己带一些作品来让父亲指点，有空闲时也过来看父亲画画。张先生知道父亲爱看戏，有时也过来送几张戏票给父亲。

　　这次来时，父亲正在午睡，我告诉张先生我去叫醒他。张先生摆手轻声说道："不要，不要，我等一下。"我送上一杯清茶，请先生入座。张先生在椅子上坐下，正襟危坐，目不斜视。十分钟过去了，我有些不忍先生这样坐着，便对张先生说我去叫醒我父亲。张先生依然摆手，轻声说道："不要，不要，我等一下。"这时又有一位父亲的学生过来看望父亲，我请学生入座，也送上一杯清茶给这位学生。这位学生坐在张先生旁边，中间隔了一张茶几。学生忽然发现端坐在旁边的这位先生气质不凡，有些眼熟，他打量再三不敢冒昧，犹豫半天才怯生生地问道："您是？"张君秋先生居然起身而立，伸出手，微笑着柔声说道："我是张君秋。"这时，窗外出现了两位大妈在伸头探脑，我出去一问，才知道是园宏胡同居委会的大妈。其中一位说道："我们听说张君秋在这里，我们想见见真人，你带我们进去，就说我们是居委会查卫生的。"我只好把这两位张先生的热情粉丝带入客厅，她们见到张先生，脸上堆起一团笑容，问道："您是张先生？"张君秋先生依然起身，面对两位大妈点头致意，依然柔声说道："我是张君秋。"那样地坦然，那样地平和。两位大妈的笑意更浓了，笑着说："这回可看到真人了，您坐，您坐，我们是来查卫生的。"然后在屋里胡乱转了一圈，满心欢喜地走了。

张先生是京剧界名角，对于普通的居委会大妈都这样亲切自然，谦和有礼，张先生的形象在我心中瞬时高大起来。张先生的一个微笑、一个点头就能使人高兴满足，快乐一天。这是张先生的个人修养和人格魅力。

三十多年后的今天，看到国内一些明星网红骄横跋扈、颐指气使的派头，那副盛气凌人、高高在上的模样，实在为这些人的素质低下、艺德全无感到气愤和可怜。我们中华民族文化中接人待物的礼仪、仁义礼智的传统道德在这些人身上荡然无存了。我希望在青少年当中，应该大力加强中国文化修养教育，提高品德素质，学会尊重、平等的社交准则。多些和气，少些戾气，使我们的社会更加和谐。

朱屺瞻先生印象

　　20 世纪 80 年代初，中国上海与美国旧金山结成了姐妹城市。应当时旧金山市长、后为国会众议员的黛安·费恩斯坦（Dianne Feinstein）之邀请，中国著名江苏籍画家朱屺瞻先生来到旧金山，参加旧金山国际机场举办的一个国际文化活动。当时中国驻旧金山总领事馆总领事是胡定一先生，他是我父亲的朋友。胡总领事的太太谢恒女士时任旧金山总领事馆文化领事。总领事馆为朱屺瞻先生举办了一个欢迎宴会，当时正在美国留学读书的我有幸受邀参加，忝陪末座。

　　朱屺瞻先生是我久仰的一位前辈。父亲以前同我讲过，朱先生家境殷实，在 20 世纪 30 年代，朱先生就对当时独树一帜的齐白石先生的治印风格情有独钟。经徐悲鸿先生的介绍，求购了几方齐白石先生的印章。收到后，朱先生愈加喜爱，后通过当时上海荣宝斋陆续求购齐白石先生篆刻 60 余方，这些作品绝大部分是齐先生的精品。当时齐先生的印章在北京不被主流社会接受，受到许多人的非议与排挤。而朱屺瞻先生作为其忠实拥护者和收藏者，不断求购作品，这使齐先生深受感动，特刻了"知己有恩"一印给朱先生。木匠

娄述泽和朱屺瞻

出身的齐先生亲自用小木条做成印章箱（匣）交由我父亲到邮局寄发。朱先生所藏的 60 余方齐先生的印章，大部分都是我父亲看着齐先生刻的，每当齐先生治印完成后，总要反复修正，直到打出满意的印样后才停工。到 20 世纪 40 年代，朱屺瞻先生已购 60 余方齐白石先生印章，又求齐先生刻一方"六十白石印富翁"。此印刻好后，齐先生特别跋了一个边款，"屺瞻仁兄最知予刻印，予曾刻知己有恩印，先生不出白石知己第五人"。我后来曾在某个杂志上看到一篇回忆文章写道，1946 年齐白石先生到上海办展览时，才第一次见到素未谋面的朱屺瞻先生，齐先生挽着朱先生的手，第一句话是："想煞我也。"

宴会开始，已是 90 多岁高龄的朱屺瞻先生策杖徐行，在一群侨领和富商太太们的簇拥下步入餐厅。朱先生中等身材，着一身深色中山装，慈眉善目，须发皆白，神态安详，精神矍铄。晚宴快结束时，众人都在三五成群地高谈阔论，先生一人静坐一旁，我驱前问候，自报家门。讲起先生 20 世纪 30 年代收藏齐白石先生印章之事，先生笑着说："我与齐先生是神交，十多年一直是书信往来，一直没见过面。直到齐先生来上海办展览时才见到面。"谈话之时，恰巧有位带相机的朋友经过，便拍下这张照片。与先生告辞时，先生坐在椅子上，一直不停地点头对我说："问候令尊，令尊画得好。"

数年之后，朱屺瞻先生把所藏的齐白石先生印章汇集出版了一册《梅花草堂印谱》，送我一册，几经转折，终到我手。里面绝大部分都是齐白石先生精力旺盛之时创作的精品。

与老一辈大家谈话有如沐春风之感。我记得朱屺瞻先生这位 90 多岁高龄老人的眼睛，竟如同儿童般清澈和天真。身上自然地散发着那种谦和内敛的书卷之气，那是中国文人的修养。

我收藏的周思聪老师的示范稿

新冠疫情期间，我蜗居在家，开始整理以前收藏的名家作品。看到周思聪老师为创作《山区新路》一画所作的素描稿和人物国画稿，思绪一下子回到 50 年前那个特殊年代。

20 世纪 70 年代末，父亲从下放劳动的北京郊区团河农场，回到北京画院，可以进行艺术创作了。中学的高中教育也恢复了。但是，由于我出身于知识分子家庭，在当时的"劳动人民知识化，知识分子劳动化"的政策下，被剥夺了进入高中学习的机会，分配到北京市日用杂品公司下属的一家商店做售货员。几年时间过去，父亲开始为我担心了，他认为这样下去，我没有一技之长，将来如何安身立命？从那时起他决定教我绘画。父亲以前是坚决反对我学画的，他要求我学好数理化，走理工科的道路，将来在科学技术领域里，有所发明、有所创造，直接造福人民，贡献社会。

父亲提出亲自教我学画，这使我有近水楼台的感觉。但是父亲觉得学画不能只跟他学习传统的写意花鸟画，还要学人物画，从素描学起，打好基础。

周思聪示范作品　33.5cm×31cm

周思聪作品 《人像》 68.5cm × 46cm

他认为人物画是最能表现时代精神的画种。

父亲工作的北京画院里面云集了北京优秀的专业画家。周思聪老师是当时社会上享有盛名的画家，也是北京画院的创作骨干之一。周思聪老师科班出身，毕业于中央美术学院国画系，受教于蒋兆和、李可染等著名大家。她把素描的块面结构、明暗关系，运用到中国画人物的创作中，写实与写意相结合。坚实的造型基础加上传统笔墨的表现力，创造出带有全新面貌的中国人物画。周思聪老师的绘画风格影响了一大批热爱绘画的青年，多位当年周思聪老师的学生今天已是著名画家了。

听说父亲要送我到周思聪老师处学画，我高兴极了。当时我家住白塔寺，周思聪老师住庆丰胡同，离我家很近。庆丰胡同 13 号是个几进的大院落，除周思聪老师外，里面还住着多位北京画院的画家。这个院子我很熟悉，我的小学同学康乐就住在这里，我常常到他家里玩。他的母亲是北京画院画家肖玉明阿姨。一天，父亲带我步行到周思聪老师家，见面时，让我叫周姑姑。这是我第一次见到久闻大名的周思聪老师，典型的中国妇女形象，衣着朴素，干净利落，短发齐肩，温婉秀雅。讲起话来，轻声细语，不急不缓，但在明澈的双眸里，透着内心的那股坚毅、执着和自信。

在那个强调"文艺为工农兵服务"和"工农兵占领文艺阵地"的政治环境下，北京市每年都举办一次工农兵美术作品展览。我所在的日用杂品公司，每年也抽调几位有些美术基础的员工组成一个创作小组，脱产创作。力争画出作品，参加每年一度的展览。

我前后两次邀请周思聪老师来我们的创作小组，为我们进行绘画辅导。第一次，是周老师来为我们讲创作，她带来了她《山区新路》一画的创作素描稿和人物写生习作。周老师为我们讲述创作过程，第一是选题。第二是围绕主题，深入生活，做大量的写生和速写为创作积累素材。第三是画构图的素描稿。第四是具体的人物形象刻画。《山区新路》一画是 1973 年周老师的一幅重要作品，描绘了筑路工人为山区人民修路，山村的孩子们为筑路工人

周思聪示范作品　70cm×42.5cm

送水的一个场景。画面中两个小姑娘，姐姐左手提着水壶，右手抱着两个大水碗，看着小妹妹踮起脚尖，用双手把水碗高举过头，送给坐在高高的驾驶室内的工人叔叔。小妹妹那认真而又可爱的样子，高举水碗、力保平衡的稚态成为画中的焦点。工人叔叔满脸笑容，俯身低头，接过小妹妹送的水。这里表现的是筑路工人与山区农民一家亲的精神。

第二次，是周老师来为我们的创作做具体指导。我们创作了一幅题为《售货新兵》的作品，表现的是几个新分配来的中学毕业生第一天做售货员，背景是一排水果货架。一人正在戴上新发的套袖，准备开始一天的工作。另外两个姑娘正趴在柜台上，学习使用称重的磅秤。我们请了两个售货员姑娘做模特，周老师亲自为我们示范如何用中国画的方法画人物写生。周老师作画时，全神贯注，嘴角紧抿。右手握笔，下笔既快又稳。随着毛笔的运动，人物的特征、结构和明暗关系都体现出来了。一幅写生作品，不到 10 分钟，一气呵成。周思聪老师的对笔墨技巧的娴熟的掌握，坚实的造型能力和深厚的素描功夫都给我们留下了深刻的印象，看周老师作画真是一种视觉享受，那不是技巧的表演，而是才情的宣泄。使我特别高兴的是，周老师把她这两次为我们做辅导和示范的画稿都送给我做学习资料了。

在那个时代，无论是专业的还是业余的画家都非常单纯和纯粹。周思聪老师来为我们做辅导，没有车接车送，没有一分钱的报酬，但周老师毫无保留地传授她的经验，全心全意地辅导我们的创作，完全是出于对绘画的热爱。我想这正是我们今天缺少的精神。

周思聪老师把自己的感情融入了笔下的人物，无论是早期天真可爱的儿童、后来的人民总理，还是笔下的矿工。感情和才情结合，才产生出那样多有血有肉的艺术形象。每看到周思聪老师的作品，就想到周老师那明澈的双眸里那种对艺术的坚毅、执着和自信。

怀 远

　　与刘炳森先生相识于 20 世纪 70 年代。那时国际社会掀起与中国建立外交关系的热潮。随着建交国家越来越多，中国与各国间的文化交流活动也愈加频繁。记得当时一个日本书画代表团来华访问，中日友协为此举办了欢迎宴会并安排了中日书画家之间的交流活动。 我父亲应邀参加，除了一些老画家、老书法家到场外，中日友协还邀请了当时在书法创作上崭露头角的青年书法家刘炳森先生，还有当时在北京大华陶瓷厂工作的工人书法家的王成喜先生。王先生 1966 年毕业于中央工艺美术学院，是年长我 15 岁的学长。 在那次活动中，父亲认识了刘炳森、王成喜二位先生，以后二位常来我家走动，与父亲一同谈书论画。

　　刘炳森、王成喜两位先生后来先后应邀前往日本进行文化交流活动，并多次举办展览。他们的艺术成就获得日本书画界的好评，又深受日本人民的喜爱， 声名鹊起，取得了极大的成功。刘炳森先生后来担任许多社会职务，致力于世界各国间的文化交流活动，以文会友，访问过许多国家。作为中日友协理事的刘炳森先生，一生中访问日本 30 余次，对中日两国人民友谊的发展，做出了巨大贡献。

刘炳森先生身材高大，为人忠厚诚恳，谦逊随和，谈吐风趣幽默，是那种与其交谈三言两语后就能成为朋友的人。刘炳森先生以其隶书著名，但实际上刘先生是科班出身的美术生，专攻山水，毕业后一直在故宫博物院做古画临摹、复制和修复的工作。他对故宫的书画藏品非常熟悉，讲起来如数家珍。刘炳森先生的艺术理念十分清楚，就是要使书法艺术为人民大众服务。他在隶书上，独爱乙瑛碑和华山庙碑，曾反复研究，在这方面下了大功夫，深得精髓，并在此基础上又加进了自己的创意。他的字秀美工整，绝不标新立异，哗众取宠。他强调书法的艺术性和实用性的统一，书法服务于人民大众，并且身体力行地去实践。北京市公安局当时制作的户口簿上的"户口簿"3个字就出自刘炳森先生的手笔。

1981 年年底，我出国留学前，从一个朋友处得知刘炳森先生身体不好，在家养病，我便想去看望一下，同时也向先生辞行。刘炳森先生当时住在北京故宫神武门角楼下面的一排平房中。我去过一次，那个地方，白天去，并不难找。但这次我是在晚上去的，情况就大不一样了。那是一个滴水成冰、寒风凛冽的夜晚。我骑自行车到故宫的神武门前，再右转，沿着筒子河边的一条小路西行。神武门大门紧闭，空无一人。门上昏黄的灯光照在郭沫若题写的故宫博物院几个大字上。从神武门到角楼有一段几百米长的路，路上没有一盏路灯，漆黑一片。看不清路面，不敢骑车，只得推车前行。左边是紫禁城厚重的城墙，右边是冰封的筒子河。走在黑黢黢的路上，想起坊间有关故宫夜里会出现宫女、太监亡魂一类的灵异故事，顿感毛骨悚然。既然来了，也只好硬着头皮走下去，只是希望今晚刘炳森先生在家。

20 世纪 70 年代，通讯不便，若是想见朋友，拜访老师，都是心血来潮，一时兴起，不请自到，没有事先电话预约这么一回

刘炳森作品《怀远》 35cm×82cm

娄述泽与刘炳森

事。那个时代，人也没有太多的应酬，拜访之人十之八九都能见到。那晚还是见到了刘炳森先生，是在他那间宿舍里，那是名副其实的一间陋室。进门就是一张床，旁边是一个小画案，两把椅子，一盏昏黄的小灯。墙上挂着他的书法创作，床上、桌上、桌下堆积着先生的练习作品和碑帖。他吃饭、睡觉、临帖、创作，都在这斗室内进行。只要有时间学习和创作，无论条件多么艰苦，他都能甘之如饴，心无旁骛地研习他的书法艺术。

告知刘炳森先生我要去美国留学，先生说："我送你两个字。"说罢，从案上拿起一张宣纸，用大号斗笔饱蘸墨汁，写了怀远两个大字。先写怀字，最后一笔按下后，又提笔出锋，带出一个小尾巴。我问："写隶书也可以出锋吗？"先生狡黠一笑，未作回答，接着在远字的最后一笔也是同样。我感觉先生在这时，写字已是驾轻就熟，在有法度与无法度之间，可以随心所欲地加上自己的小情趣。先生用小笔又题了"述泽老弟临别留念"几个字，后加盖印章。先生对我说，这幅字，有两个意思：一是离家万里，心怀祖国，二是胸怀远大。先生的这幅字，我从中国带到美国，又从美国带到定居的加拿大，一直挂在我家客厅的墙上。我从未忘记先生的叮咛：离家万里，心怀祖国。

闲暇一日 *Joy of Leisure* 局部

游于艺海

艺术的虚实

　　"问君能有几多愁？恰似一江春水向东流"，李后主的一句感叹，成为千古绝句。他把词中抽象的意念，用视觉形象表达了出来。"愁"是可以感受到的，但是"愁"却是看不见、摸不着的，不可具体量化的。我们不可能说某人心里有几公斤的愁或几平方米的愁。李后主把抽象的"愁"用"恰似一江春水向东流"的形象表达了出来。我们可以联想到的是早春三月，冰雪消融，春潮涌起，大江奔腾的样子，在这里抽象的愁有了体积，有了重量，像滚滚东去的江水，无尽无休。李后主把虚的概念用实的形象表达了出来，这是诗词艺术的高明之处。

　　东晋才女谢道韫的咏雪名句"未若柳絮因风起"，是另一个虚实转换的绝好例子。相传一日大雪，东晋太傅谢安请子侄赏雪，他吟出一句"白雪纷纷何所似"，要他们各出一句，描述天下大雪的景象。其中一位咏出"撒盐空中差可拟"，太傅听后摇头。这句对得真是非常的直白，直白得使人没有任何联想的余地。这时谢道韫吟出"未若柳絮因风起"，此句一出，太傅拍案叫绝。 此句绝在把雪花与柳絮两个不相关的东西用诗联系在一起。柳絮是轻盈的、白色的，加上风，就飞舞起来了，用随风起舞的柳絮联想到了漫天飞舞的雪花，这个景象非常唯美。这里谢道韫把实的雪转成了虚拟的柳絮。

中国画的"迁想妙得"，指的是意念上的联想，也就是虚实的转换。冬日下雪，大家称为看雪、观雪、赏雪。有一次，在一个庭院门额上看到"听雪"二字，这"听"字极妙。我们知道下雪是听不见声音的，不像下雨，可以用"小楼一夜听春雨"来表现。观雪、看雪和赏雪都是视觉的，是平常人的行为。如果一个人能在下雪天，在万籁无声的大自然中，闭目听雪，这是何等的禅意啊！"迁想妙得"不但要通过艺术家的表达，还要通过观众的悟性才能领会。

诗的美在于朦胧，留给人想象的空间，画也是一样的。在绘画的画面上，一定要考虑虚实的处理。例如画葡萄，重点的几颗葡萄要画实，其他的葡萄即可虚化处理。不要面面俱到，不要每一颗都做如实的表现。太实的艺术，不能使人产生联想，大大减弱了艺术的魅力。如画一棵树的树干，应该是一面是实，另一面则虚。如果树干两面都是实线处理，那树干就显得呆板了。中国画中用墨的浓淡，笔墨的变化追求的都是虚实的变化。正如齐白石先生所说："作画妙在似与不似之间，太似为媚俗，不似为欺世。"

每一颗星星都会闪耀

现代绘画要求的是人对自然和物象感悟的表达。人与人之间由于成长环境、学习过程、社会历练和生活经历的不同，会造成对事物认知的不同。对于画家来说，在作品中表达自己的独特性是最为可贵的。这种独特性，可能被别人认同，也可能不被别人认同，这都不重要，重要的是自己的坚持。

在现代画坛上，出现了许多风格各异的流派，花花绿绿，颜色奇异，高高低低，参差不齐。有些是独辟蹊径，有些是试验创造，有些是自我表现，有些是哗众取宠，五花八门，鱼龙混杂。在现在这样一个资讯极为发达的社会里，在艺术上应该允许人们的多种表达方式，包容不同形式的探索尝试，不要党同伐异，唯我独尊。对于新一代的艺术家们，我们应该给他们一个自由发展的空间，不必一味鼓励，也不必一味批判。

当艺术的大潮涌来的时候，不可避免的是泥沙俱下。大潮过后，沉淀下来的、屹立不倒的才是真正的艺术。"千淘万漉虽辛苦，吹尽狂沙始到金。"真正的艺术是经得起时间的考验的。对于现在的年青一代的画家和他们的艺术不要轻易下结论、下判断，让时间去检验。

　　在中国画学习的过程中我们有着抄袭的传统。在盲目强调中国画的传统与功力的血统论中，在门派承传的江湖习气中，中国画的学习方式变得僵硬和固化。有些青年画家打破传统的学习方式也无可厚非。过分地强调传统与功力，往往束缚了画家的激情和创造。中国画的传统与功力是用来创作的，不是用来表演给人观看的。何况近二千年来，中国画在理论、实践和技法上不断地发展和提炼，其精华是无穷无尽的，是一辈子也学不全、学不完的。如庄子曰："吾生也生有涯，而知也无涯，以有涯随无涯，殆已。"我觉得倒不如用所学到的那点绘画皮毛，加上自己的激情与理解，去创造自己的世界。

　　每一颗星星都会闪耀，至于在灿烂的星河里，你这颗星星是否能被人看到，那不是你的问题，而是观众的问题。

美与不美的理由

如果你喜欢一幅作品，你可以找出许多理由；如果你不喜欢一幅作品，你也可以找出许多理由。对象的美与不美，不是重点，你喜欢不喜欢才是关键。美是客观的，你感受到或感受不到是主观的。

很多人对于艺术作品，特别是现代艺术作品，常常有看不懂的疑惑，认为是自己的审美修养有问题。其实审美并不是高高在上、玄而又玄的学问，而是你对对象的感知。你面对一座山、一条河、一朵花、一个人，都会产生视觉反应，再加上你的经历、学识和感悟，这就是审美的体验。问题是当你以所谓"主流"或"权威"的评论为标准去检查自己的审美感受时，发现自己的审美趣味与"主流"或"权威"的审美趣味不一致，想把自己的审美趣味修正过来，却又发现修正不过来，这就使自己觉得幼稚无知。其实，审美是个性的、流动的、没有一个统一标准的。每个人都有自己的个性化的审美趣味。

审美是受很多因素影响的。有个朋友告诉我这样一件事：一天，有位画家朋友带他去看一幅作品，他看过后觉得作品平淡无奇，乏善可陈。但被告知此画是一位如雷贯耳的大师的作品之后，他再看作品就觉得画面大气磅礴、气象万千。许多人观画，先看作者签名，只要是大师之作，无论是随意画、应酬画还是败笔画都是精品，神圣不可侵犯。你看看，主观的人为因素，对于审美意识有多么强的影响。当你欣赏作品的角度从平视变到仰视时，你的感受就发生了变化。艺术家有个性，而往往观众没有个性。

韩非子在《说林》一文中，有这样一篇："杨子过于宋东之逆旅，有妾二人，其恶者贵，美者贱。杨子问其故，逆旅之父答曰："美者自美，吾不知其美也；恶者自恶，吾不知其恶也。"杨子旅途中住店，店主人有妾二人，其中一人长得漂亮，另一人长得不太好看。但是店主人对长得不太好看的却很看重，而对长得漂亮的则很轻视。杨子不明白为何这般，问店主人其中缘故。店主人说："长得漂亮的，她自己觉得她很漂亮，我就不觉得她很漂亮了；长得不好看的，她知道自己不好看，我也就觉得她没有什么不好看的。"这说明美的标准既是客观的也是主观的，在每个人心中是不一样的。你以为美的，别人可能认为不美，别人认为不美的，你可能认为很美。

上层统治者的审美趣味也会影响到老百姓的审美趣味。"上有所好，下必甚焉。"楚灵王喜欢手下的人有纤细的腰身，"昔者楚灵王好士细腰，故灵王之臣皆以一饭为节，胁息然后带，扶墙然后起"。说的是朝中一班大臣为了迎合楚灵王的审美嗜好，每日只吃一顿饭，上朝穿衣时，还要憋气收腹，紧束腰带，扶墙才能站起。唯恐自己腰身肥胖，被灵王嫌弃，失了宠信。而宫中嫔妃更是为了取悦楚灵王，节食束腰，疯狂减肥，把自己搞得半死不活，才有"楚王好细腰，宫中多饿死"一说。

汉成帝喜欢瘦到可以掌上起舞的赵飞燕。因为她身体纤瘦，成为成帝专宠，贵为皇后，统领后宫20年。赵飞燕的妹妹赵合德，也因貌美如花，能歌善舞，受到成帝宠幸，被封为昭仪。一日，成帝无意间看到赵合德洗澡，引起了成帝的偷窥欲，日后成癖，致使一度冷落了赵飞燕。赵飞燕得知原因后，便安排成帝"偷窥"自己洗澡。但是赵飞燕太做作了，这种特意被安排的"观浴"使成帝看了索然无味。在成帝看来，自觉的美的展现与不自觉的美的展现是大不相同的。但是如果让《菊豆》中的杨天青来偷窥赵飞燕与赵合德洗澡，他可能觉得两个女人都有趣。

唐代是中国历史上的一个鼎盛朝代。首都长安，是当时一个国际化的、多元化的大都市。波斯文化、吐蕃文化、高丽文化都在这里融会贯通。唐高祖李渊一家有着鲜卑族血统。鲜卑一族本是游牧民族，身体健硕，民风彪悍，崇尚雄强。这样的皇室家族背景必然影响唐朝的审美趣味。在唐代雕塑作品中，如《昭陵八骏》里表现的骏马膘满臀圆。在绘画作品中，如周昉的《簪花仕女图》里表现的贵妇人，体态丰满，雍容华贵。唐明皇李隆基，宠爱丰腴圆润的杨玉环，封她为贵妃。"春寒赐浴华清池，温泉水滑洗凝脂"，以致当时女性皆以追求丰满为美，一时成为唐朝的时尚标准。这与以前楚灵王、汉成帝的审美趣味大相径庭。

到了宋代审美观念又发生了变化，上层社会的士大夫们以淡逸素雅为美，女人追求清瘦、削肩、柳腰、纤足，这样一来宋朝女子都群起而减肥，缠足之风兴起。审美的趣味变了，审美的主观标准也就变了。旧时代中国文人欣赏女人的三寸金莲，是因为缠足的女人走起路来重心不稳，看起来显得婀娜多姿，但现在看来就是一种病态。

儿童走路摇摇晃晃是因为重心不稳，看起来天真有趣。舞蹈之美，也在于重心不稳。身体的俯仰起落，重心变化，在不平衡的运动中找平衡，表现人体的韵律美。这里的重心不稳的活动给人们带来愉悦的体会。但是设想在日常生活中，成人走路模仿儿童走路或是舞蹈动作，那样的重心不稳不是美，而是一种丑态。

荆轲的"风萧萧兮易水寒，壮士一去兮不复还"，表现的是瑟瑟秋风中大丈夫视死如归的悲壮的美，刘禹锡的"自古逢秋悲寂寥，我言秋日胜春朝。晴空一鹤排云上，便引诗情到碧霄"吟诵的是秋天爽朗的美。林黛玉的"秋花惨淡秋草黄，耿耿秋灯秋夜长，已觉秋窗秋不尽，那堪风雨助凄凉"写的是秋夜凄凉的美。齐白石在作品《残荷》一画中题诗"荷塘结实藕初肥"，写的是秋日荷花败落之后莲藕丰收的美。抽象的文字描写，反映在每个人脑海里的具体景象也是不一样的。作者写的时候有自己的感动，每个读者读后有自己不同的感动。正如1000个人眼中就有1000个哈姆雷特。这就是审美的客观差异性。

完美不等于美，不完美也可以很美。交响乐通常有四个乐章，奥地利音乐家舒伯特有一首《未完成交响曲》只有两个乐章，但却是浪漫主义音乐的经典。两个乐章写得十分精彩，也正是因为这两个乐章写得十分精彩，舒伯特后面写不下去了，一直到他离世也再没有找到灵感完成整部的交响乐。因为这两个乐章写得非常完美，这部未完成的交响乐并没有因为它的不完整而影响它在音乐上的地位。

再有一个例子是毛泽东的词《蝶恋花·答李淑一》。

我失骄杨君失柳，
杨柳轻飏直上重霄九。
问讯吴刚何所有，
吴刚捧出桂花酒。

寂寞嫦娥舒广袖，
万里长空且为忠魂舞。
忽报人间曾伏虎，
泪飞顿作倾盆雨。

这首词抒发了毛泽东对夫人杨开慧和战友柳直荀的悼念情感，直抒胸臆，激情澎湃，大气磅礴，文采斐然，为浪漫主义代表之作。但是这首词上下两阕不同韵，也就是说破韵了，在诗词格律中不尽完美。

上阕中的"柳，九，有，酒"属"有"韵，下阕的"袖"属"宥"韵，可与上阕的"有"韵通用，然而"舞，虎，雨"三个韵脚却破韵了。毛泽东宁愿破韵也不愿用格律束缚当时泉涌般的激情和感动。作者在自注中说："上下两韵，不可改，只得仍之。"这种不完美也成就了一种激情的完美。太完美的东西，有时反而缺少一种感动。

作为一般的欣赏，你对一幅绘画作品的题材、构图、色彩有所感动，有所喜爱，觉得赏心悦目就可以了。但是要欣赏一幅历史名作，光凭作品的表面感觉就不够了。孟子说："颂其诗，读其书，不知其人可乎"，就是说你读一个人的诗书却不了解作者这个人是不行的。要了解一幅绘画作品，光看画面效果还不够，还要了解画家的人生、创作环境、生活背景等，这样才可以加深你对作品的理解。中国明代有位成就极高的大写意画家徐渭，他有一幅传世之作《水墨葡萄》，现存于故宫博物院。在谈这幅作品之前，我们先要了解一下画家本人。

徐渭（1521—1593），字文长，号青藤道士。徐渭出身于官僚世家，其父徐鏓为四川夔州府同知。但徐渭并非嫡出，而是由其父的小妾，即第二位夫人苗夫人的侍女所生。由于苗夫人不能生育，便把徐渭视为己出，十分宠爱。但徐鏓的第一位夫人已有两子在前，而徐渭在出生百日后，其父便病逝，幼年失怙，缺失父爱。10 岁时，生母又被苗夫人赶走，小小年纪便要承受母子骨肉分离之痛，可见徐渭在这个官宦家庭中的尴尬地位。

徐渭天资聪颖，"六岁受《大学》，日诵千余言""书一授数百字，不再目，立诵师所"，为师所爱，在乡里被视为神童。20岁成为秀才，与当地其他著名文人共称"越中十子"。徐渭少年恃才傲物，狷介轻狂，自视甚高。"少年得志乃人生一大不幸也"这句话不幸地落在了徐渭头上，徐渭考取秀才之后，接连8次应试不中，这对一位以神童自诩的人是何等的打击。成年后，又因无法娶妻，只能入赘潘家，做上门女婿。虽与妻子伉俪情深，恩爱有加，但几年后又遭遇丧妻之痛。因为入赘，徐渭继承遗产的权利又被剥夺，家产被别人强占。自己一贫如洗，只好设馆授徒解决温饱，直到中年才凭借自己的才华被浙直总督胡宗宪招为幕僚，生活才有保障。但好景不长，徐渭41岁时，胡宗宪因为受严嵩一党牵连而革职被捕，死于狱中。徐渭曾为胡宗宪写过吹捧严嵩的文章，害怕被牵连，惶惶不可终日。在持续的惊吓中，变得神志不清，丧失理智，以致疯狂，多次自杀，居然不死。曾以大钉打入耳中，"走拔壁柱钉可三寸许，贯左耳窍中，颠于地"。后又以木棒击打自己的肾脏，"以椎碎肾囊，皆不死"。后又怀疑自己再婚的妻子张氏不忠，中秋之夜亲手杀了自己的妻子，为此入狱7年。直到万历元年（1573），皇帝大赦天下，才在朋友的帮助下出狱。徐渭此时已是家破人亡，功名无望，一生贫困，面对凄惨的晚年。

徐渭满腹诗书，才华横溢。他在绘画上、书法上、诗文上、戏剧上都有非常高的造诣。他著有《徐文长三集》，还有剧本 《歌代啸》《四声猿》都是中国戏曲史上著名剧本集。徐渭自称书第一，诗二，文三，画四，但是他在绘画上的影响力最大。

徐渭的传世之作《水墨葡萄图》以书法入画，草书为藤，一枝藤蔓斜出画面，气势难挡。叶子以胶矾调墨，信手涂抹，随风起舞。葡萄用淡墨任意点染，枝条自然伸展，笔墨酣畅，痛快淋漓。画面上部，题诗一首：

半生落魄已成翁，

独立书斋啸晚风。

笔底明珠无处卖，

闲抛闲掷野藤中。

这是一幅象征意义极强的作品，画家以情感调动笔墨，画的是情绪，葡萄在这里只是表达情感的载体。回想徐渭的一生，我们在这里看到的是什么：是一个刚刚结束牢狱之灾的，多才多艺、孤傲自赏、命途多舛、性情敏感的文人画家的癫狂。他画的是生活的疤痕，发泄的是人生的痛苦，表现的是命运的磨难，在萧飒的晚风中闲抛闲掷的不是葡萄，而是画家自己不被人看重的一生。

这种逸笔草草不求形似，重气韵，重水墨的写意风格，为当时画坛开了一代新风，野藤中的葡萄成为中国写意画中的明珠。当然，除了徐渭的激情，还有他驾驭水墨的功力。徐渭的画风影响了后面的石涛、八大、"扬州八怪"、吴昌硕、齐白石，成为大写意绘画的一代宗师。清朝画家郑板桥有一枚印章"青藤门下牛马走"，表达自己对徐渭的崇敬。民国画家吴昌硕称其为"青藤画中圣，书法逾鲁公"，对其推崇备至。近代画家齐白石有诗：

青藤雪个远凡胎，

缶老衰年别有才。

我欲九泉牛马走，

三家门下转轮来。

齐白石又写道："青藤、雪个、大涤子之画，能横涂纵抹，余心极服之，恨不生前三百年，或为诸君磨墨理纸，诸君不纳，余于门之外饿而不去，亦快事故。"对于徐渭、八大、石涛三位大家的崇拜之情，跃然纸上。

性情敏感、多才多艺、孤芳自赏、愤世嫉俗是徐渭的性格特点，扭曲的人生和生活的磨难是徐渭艺术的土壤，他的艺术在这片土壤上开花升华。300年后的荷兰后期印象画派画家凡·高的一生与徐渭有几分相像，在凡·高的作品里，可以看到徐渭的气质。都是生前才华横溢，命途多舛，以激情作画却不被人欣赏，贫困潦倒，在忧郁、困苦、疾病、癫狂中度过一生，死后却暴得大名，成为大师。

凡·高（Vincent Van Gogh，1853—1890）出生于荷兰，是美术史上熠熠生辉的后期印象画派大师。凡·高出生于一个宗教家庭，其祖父和父亲都是牧师。这个家庭对艺术有着浓厚的兴趣，除了父亲是艺术爱好者之外，凡·高有三个叔伯都是做艺术品交易的商人。凡·高长大后，还被一位叔叔带入艺术品交易公司做学徒。但少年凡·高的第一兴趣却不是艺术，而是神学和文学。同徐渭一样，凡·高在考试的路上一直不顺，中学退学，大学考试落榜，未能考入他期望的阿姆斯特丹大学神学系。

凡·高带着宗教的狂热来到矿山，为矿工传教。矿工是处于社会最底层的人，干着沉重的体力劳动，冒着生命的危险，拿着难以糊口的微薄工资。他同情矿工的辛劳和贫困，他把带来的东西分给大家，与矿工同吃同住，一同睡在地板上。但是教会认为凡·高的离经叛道式的传教方式和不修边幅、蓬头垢面的样子有悖于传教士的形象而把他辞退。

在爱情上凡·高也不如意，他20岁时第一次向房东的女儿表白，被对方讥讽。第二次是向一个远房丧偶的表姐表白，被表姐斥责。两次表白都遭到无情的拒绝，这是对性格忧郁内向的凡·高的沉重打击，也为他后来精神失常埋下了隐患。凡·高27岁时，勉强进入了布鲁塞尔皇家美术学院，但是，由于他厌恶学院式的教学方法而与老师的关系极僵，因成绩不合格，而被要求重读。

在凡·高的一生中，他只卖出过一幅画，生活贫困，无法维持生活，只能靠着做画廊生意的弟弟提奥（Theo van Gogh）在经济上的接济才能维持生活和创作。凡·高与这个弟弟关系极好，我们看到凡·高写给弟弟众多信件中结束时都有"请再寄一些钱来"这样的话。我们常说凡·高之所以有如此巨大的艺术成就离不开他弟弟在经济上给予的支持。在穷困潦倒的生活中，凡·高数次精神崩溃，被送入精神病院。有一次他还割下自己的一只耳朵自残，与徐渭的以钉贯耳的自残有些相像。

凡·高一生中创作了2100多幅作品，其中有860幅油画，大部分是在32岁至37岁时所作。我们注意到凡·高举世闻名的作品，如《星夜》（*The Starry Night*）、《自画像》（*Self - Portrait*）、《鸢尾花》（*Irises*）、《向日葵》（*Sunflowers*）等都作于1888年至1890年间，这是他生命的最后两年。凡·高在1890年37岁时，也正是在他艺术最辉煌的时期选择了自杀。

当我们听到凡·高的名字，出现的是一位大师的形象。我们先摘下历史加给他的光环，了解一下凡·高这个人。他同常人一样，善良、天真、努力、向上，但天性上又有着多于常人的忧郁、敏感、暴躁和癫狂，生活窘迫，一生坎坷。凡·高是一位半路出家的画家，27岁才学画，在绘画技巧上比较笨拙、粗糙，但他有着画家的天分、敏感和狡黠。他知道如何用颜料和笔触表达自己内心的激情，创作出自己强烈的个人风格。

凡·高大师级的作品《星夜》（*The Starry Night*），又译为《星月夜》或《星空》，油画，73厘米×92厘米，现存于纽约现代艺术博物馆。这幅作品作于1889年，也就是凡·高自杀前一年，在他患精神病入院后，住院期间所作。我在美国纽约现代艺术博物馆见到这幅原作的时候，被深深地震撼到了。在这幅以蓝黄两色为主调的画中，见到的是堆积的颜料、凹凸的笔触、厚重的色块、粗犷有力的用笔和大胆恣肆的构图。天空如暴风雨搅动的大海，星星、月亮在大海的漩涡中涌动着、旋转着。柏树如火焰的形状扭曲着，挣扎着冲向天空。朦胧的黄色和忧郁的蓝色编织出一个迷幻的意象世界。从画里我看到作者的兴奋、颤抖和癫狂，那一触即发的情绪，那生命即将耗尽时的绚烂。

在这里传统绘画上对对象形体的追求和对色彩明暗关系的掌控都失去了意义，凡·高在这里不再描绘任何自然的对象，只是用他的心灵作画，发泄内心的痛苦与挣扎。在这幅画里凡·高驾驭着一种苍茫的怨气、怒气和豪气，在画布上纵横驰骋，笔笔落地生根，色块相生相隐，不要多余的排场，不要刻意的雕琢，没有任何的虚伪，只有一腔的愤世嫉俗。

凡·高在33岁到巴黎后，见到了德加、修拉等后期印象主义画家，认识到颜色的力量，他吸收了印象画派画家的明亮色彩、点彩画法，借鉴了日本浮世绘的平面装饰手法，加上他的天生的激情和敏感，才创造出他独特的个人风格。除了象征性的表达方式，厚重的色块、条状的笔触、简单粗犷的平面装饰效果，这些都是凡·高的绘画特点。凡·高使绘画由客观表现走向主观表现的理念，开创了现代绘画的先河。凡·高的绘画深深地影响了后面的以马蒂斯为代表的野兽派，以及后来的立体主义和表现主义。

我们这里分析欣赏了两幅艺术史上的优秀作品，一幅是中国画家徐渭的《水墨葡萄图》，一幅是荷兰画家凡·高的《星夜》。我建议在看艺术作品前，最好要对作者个人有所了解，这样才能感受其中的美与不美。许多人看美术展览时，先问一下这个作品的作者有没有名？名气大小？名气大的作者的作品一定是好作品，其实未必。千万不要在大师的盛名之下不敢说话。我们有时需要打破一下固有的思维，不要像小孩子看电影，每出现一个人物，先问大人，这个人是好人还是坏人？得到答案后，就可以安心地看下去，不再用脑子去辨别是非了。不要以为漂亮的作品才是美的，也不要以为大师的作品都是优秀的。有些作品不好看，却很美，有些作品漂亮却没有内涵。艺术作品能与你心灵共振的就是美的，因为审美是主观的而非客观的。

泰山不让土壤

"泰山不让土壤，故能成其大；河海不择细流，故能就其深。"这是秦国时期李斯写的《谏逐客书》中的一段话，这也应该是改革开放中我们中国画创作的态度。改革开放为中国打开了一扇窗，中国看到了世界，世界也看到了中国，中国的文化融入世界，外来的文化也涌入中国。文化的互融、互借和互撞是成长的好养料。

源远流长、博大精深的中华文化一定会在不断吸收、不断消化、吐故纳新的过程中发扬光大。自信的文化都会从外来文化中吸收营养而使其本土化。西红柿、西瓜都是外来品种，却在中国本土化了。佛教由印度传入，也在中国本土化了。马克思主义由欧洲传入，也在中国本土化了。就近十几年的建筑物来说，天安门广场上的人民大会堂、中国国家博物馆、毛主席纪念堂都不是中国的传统建筑，而是借鉴了欧洲建筑艺术的中国现代建筑。传统的中国殿堂是重檐歇山式木建筑，传统的寝陵是带有宝顶的陵园。但是人民大会堂、中国国家博物馆、毛主席纪念堂三大现代建筑却与有 600 年历史的明代建筑天安门城楼交相辉映，和谐地矗立在北京市中心，体现了历史的继承性和时代性。

19 世纪以来的法国印象画派和后期印象画派以及 20 世纪初野兽派的画家都受到日本浮世绘的影响。东方艺术的简洁性、装饰性、平面化的线造型艺术都给了这些欧洲画家极大的启发。我们都知道莫奈、凡·高和马蒂斯对于东方艺术的热爱和向往，也看到东方艺术对他们作品的影响，但是这种影响并未改变他们欧洲绘画的属性，也没有人担心这种借鉴和吸收可能会使欧洲绘画东方化。

同样，20 世纪的毕加索在马蒂斯那里见到非洲艺术，便被那种粗犷怪异的造型吸引，使他一度痴迷于非洲土著的面具。他从非洲艺术中吸收了极大的灵感，这种创作灵感体现在他的作品中。在毕加索的《亚威农少女》这幅作品中你可以明显感觉到非洲艺术的影响，扭曲、夸张、怪异、荒诞。我们可以说毕加索的艺术吸收了非洲艺术的成分，却没有感觉到毕加索艺术有非洲化的倾向。非洲艺术被他吸收了、消化了，变成了他自己的东西。事实是，欧洲画家从东方艺术、非洲艺术中吸收了营养，丰富了欧洲艺术。

我出生在北京，在北京妙应寺白塔附近长大。长期以来，妙应寺的白塔和北海公园内琼华岛上的白塔一直作为老北京的标志。直到有一天，我才知道再熟悉不过的白塔却是外来之物，这是 13 世纪元朝忽必烈聘请尼泊尔工匠主持修建的覆钵式佛塔。塔起源于印度和尼泊尔一带，原是僧侣埋骨之用，后随佛教传入中国。但是塔的形式在中国有了改变，形成了有中国民族特征的四角、六角、八角楼阁式、密檐式佛塔，如西安大雁塔（唐代）、山西应县的木塔（辽代）和北京天宁寿古塔（辽代）。经过历史的沉淀、岁月的冲刷，印度传来的佛教和白塔，在中国的土地上演变成了中国文化的一部分。

近几十年来，在中国画的创作中，许多中国画家在材料上、工具上和理念上吸收了许多外来艺术成分，改良和革新了中国画的面貌，丰富了中国画的内容，这是时代发展的必然。所以不必担心中国画西化的问题，也不必担心中国文化的属性。一种强大的、自信的文化是不怕外来文化的冲击的，冲垮的只是腐朽的、死去的那部分，而核心的文化是屹立不倒的，而且还能从外来文化中汲取营养，消化、提炼、升华，使自己更加高大宽广。泰山不让土壤，故能成其大；中华文化不让土壤，更能成其高。

文化比较讲课稿

　　我感谢我在 20 世纪 80 年代初有一个出国留学的机会，使我能够从另一个角度看世界，亲身体验另一种文化，同时又可以从另一个角度看我们中华文化。由于角度和视点的变化，我们可以看到熟悉的文化和不熟悉的文化的另一面。世界太大，人类的眼睛的视角太窄，因此我们看不到整个的世界，只是看到这个世界的某个细小的部分。我们有谁能看到整个地球呢？没有。我们只能从地图上看世界，从发射到太空的火箭所拍到的照片上看地球。如果我们一生只居一处，那我们一生就只能看到世界上这一小部分。视角的变化能改变你对周围环境的看法。我们童年时期都有过这样的记忆，坐在大人的肩头上或把自己头朝下脚朝天地倒挂起来看景物，这样一来，熟悉的景物就有一个完全不同的视觉。看文化也是一样的，角度不同，看同一文化就有不同的感觉。用心体会这样不同的感觉就会带给你新的领悟，新的启发。

　　我们中国古人很早就强调"读万卷书不如行万里路"的道理。只有见得多了，眼界才能开阔，想法才能活跃。我鼓励大家有机会都出去走一走，看一看，会对今后的学习和工作有很大的裨益。地球是圆的，文化也是圆的。无论东方文化，还是西方文化、亚洲文化、非洲文化，都是这个圆形文化中的一部分，都是我们人类的共同文明。几千年来，由于地域、宗教、种族的区别，使各种文化有着自己相对隔绝的独特性。后来由于科学技术的出现，如印刷、航海、铁路、飞机、广播影视、互联网等这些新科技的不断发展，使得各文化间的互动、互融、互相借鉴更简便、更容易、更快捷，也使得今天的世界文化更加丰富多彩。

无论是东西方文化还是地域文化都不要比高低，因为无可比性。每种文化都有自己的辉煌，我们以尊重、平等、自信的心态去对待自己的文化和其他文化，无论东方人还是西方人，对自己的文化都不要狂妄自大和妄自菲薄。在今天这样一个资讯异常发达的社会，是吸收优秀外来文化、充实提高自己的好机会。

就美术而论，我并不赞同中国美术融入世界或与世界接轨的说法。我们是有着五千多年辉煌历史的泱泱大国，中华文化源远流长，本来就是世界文化的一部分，没有融不融、接不接的问题。在世界四大古代文明（古巴比伦文明、古埃及文明、古印度文明和古中国文明）中我们中华文明自始以来都是一直不断地继承、延续和发展的。我在 20 世纪 80 年代出国留学时，我的父母和师长都不断地嘱咐我在国外要用百分之百的努力去宣传中华文化，让世界了解中国。现在我常常对出国留学的同学们说："你们要用百分之百的努力去宣传中华文化，同时也要用百分之百的努力去学习别人的文化。"一个百分之百是不够的，要用两个百分之百。文化不要比高低，各有各的优越之处，自傲、自大都是不可取的。自傲的后面是无知，自大的后面是自卑。

中国文化中的一个优秀例子是道家的太极图。大道至简，太极图简到不能再简了。一个圆圈，一条曲线，两条阴阳鱼，把世界万物归纳其中。阴阳转换代表了两极，正负，天地，男女，日月，兴衰，生死，用对立辩证的方法概括了世间的一切事物和人类能发生的一切可能性。一条线必有起点和终点，这就是线性思维的局限性。而圆则代表无限，圆转起来无起点无终点，周而复始，直到永远。阴阳之间以曲线相连，而非直线，阴阳二鱼相抱，阴中有阳，阳中有阴，体现了一种互相转化对立统一的和谐之美，也造成了视觉上的形式之美。

道家是中国的本土文化。道家是做减法，把复杂的世界简单化，一减再减，最后就减到黑白、阴阳两个元素。其实最简单的才是最智慧的。有一位美国宇航员见到中国宇航员问道："我70年代上太空时，发现地面上的墨水笔在太空不出水，无法使用，因为没有引力。我们集中了许多顶尖科学家，花了许多金钱和时间，研究出来可以在太空使用的墨水笔，你们是怎么解决这个问题的？"中国宇航员淡淡地说："我带的是铅笔。"西方文化是加法，把简单的东西复杂化，每一件事情、每一门学科、每一个专业都在不停地切割、细化。比如在医生方面，分家庭医生、普通医生、专科医生，专科医生又细分为具体某器官的专家医生。有个笑话说，某位左眼有眼疾的病人，在等了数月之后，终于见到眼科专家医生。在说过病情之后，专家说："我是专门看右眼的专家，你左眼有病，我推荐另一位专看左眼的专家给你看病。"

量化，是西方文化中的另一个特征，一切都要数字化。产品合格率、疫苗有效率、人口出生率、工人失业率，甚至政党和领袖人物的支持率、信任率等都用数据来说话。一切基于数字，这是科学的基础。这也是我们中华古老文化中所欠缺的。中国文化是建立在农业社会基础之上的，以经验为主导。我用一个具体的例子来说明中西两种文化在对事物认知上的差异，我在美国上学时，中国的一个中医代表团来美国访问，与美国医生有一个交流活动，我作为翻译，见证了两种文化在医学上的认知差异。中国医生为一位病人把脉看舌苔，说病人有胃火、肺热。美国医生说：

"你怎么证明病人有胃火，你有什么根据说病人肺热？你说病人有胃火、肺热，那么正常人的胃和肺的温度是多少？他现在比正常值高了多少度？热了百分之几？"中国医生说："从脉象中我可以把出来。"美国医生说："你凭感觉，感觉是没有办法检验的。"中国医生说："我的感觉来自我的经验。"美国医生说："我需要的是化验报告的数据，在这个基础上我做诊断。病人体温38摄氏度，我确定他发烧。病人血液检查中白血球高于正常值，我确定他有炎症。在痰里我培养出细菌就确定他有感染。没有化验的数据，我就不能确诊，因为没有依据。"这是中西医医生对同一问题的不同认知，一个建立在经验上，另一个建立在数据上。中医是我们民族文化的瑰宝，我从小生活在中国，我完全相信和理解中医的理论与治疗方法。但是在西方文化中，你不能把东西量化，变成数字，他们就无法理解和接受。中西医两种观点都有道理，与其互相排斥，不如互相学习、取长补短，丰富自己的理论和实践。

中国的文化起源于春秋战国时的老庄哲学和儒家理论。老庄哲学主张天人合一，无为而治。儒家提倡仁义礼智信，温良恭俭让，都是自省内敛的文化，这与西方的强权和扩张的文化有着本质上的区别。举个例子，中国古代文明的代表之一是长城，也就是墙，防御性的墙。建长城的最初目的是阻止北方匈奴等游牧民族对以农耕文化为主的汉民族的掠夺和骚扰。长城还有另一个意义，就是强调属地的边界感，你不能随意进入我的土地范围。墙的概念，深深地存在于中国文化中，我们随处可见，院子有墙，小区有墙，学校有墙，公园有墙。墙在限制别人进来的同时，也限制了自己的出去。院子有了围墙，限制了自己的视野，看不到外面的景致。于是，中国人发明了在墙上开窗打洞的"借景"。小院庭深，曲径通幽，通过院墙上的窗洞，可以窥见远处的青山、院外的桃花，景随步移，变化万千，这是中国文化在围墙艺术上的发挥。全豹只窥一斑，这是中国文化中的含蓄。不像西方农庄田舍，推窗一望，远山近水，一览无余，这是西方文化中的直率。在西方社会里，大部分住宅、学校、公园等地方都没有围墙。邻里之间土地相连，有的以木栏为界，但大多数地面上并无明显标志，只以房屋地契中的法律文件的界定为准。虽然墙的概念在西方人的脑中不强，但人们的边界意识则是很强的：私人的地界未经许可绝对不可进入，否则，后果会很严重。这是中西文化之间对墙，也就是对边界认知的不同。

中西文化在园林设计中的概念也不相同，中国的古典园林如苏州明代的拙政园、留园都是以自然为主，小桥流水，树木山石，顺势而为，景致天成，刻意摒弃人为的干预。这是中国老庄哲学中的道法自然的体现。而在西方的古典花园设计中，可以看到数学的精确。如法国凡尔赛宫的花园、从放射形的甬道、几何形的花圃、人工修饰的球形树冠到雕塑、喷泉都可以感到强烈的人工元素。我们知道水是由高处向低处自然流动的，中国园林的水系是自然的，楼台水榭都是傍水而建。而西方的雕塑喷泉设计则是违反地球引力的，让水在压力的作用下由下向上喷出，取悦人的感官。这种景观是不自然的，这种美学显示的是人对自然的控制和征服。相对来说，中国的园林设计更"无为"，而西方的园林设计则更"人为"。

只要细心观察，用心体会，就会在生活的点滴中发现其背后的文化差异。从中西饮食说起，在中国，与朋友一同在餐馆吃饭，点菜时，一般都是大家一起点，圆桌之上，不分你我，共同分享，推杯换盏，其乐融融。餐桌上强调的是集体主义，个人淹没在集体之中。但是如果朋友中有南方人和北方人，口味不同，如有人喜辛辣，有人喜清淡，怎么办？在这种情况下，要么大家折中，喜辛辣者不点辣菜，喜清淡者加重些口味，大家各退一步，互谦互让；要么以喜辛辣口味者为主，不吃辛辣者牺牲奉陪；要么照顾喜清淡者口味，其他众人控制自己的食欲。而同朋友吃西餐一般是各人点各人的，个人利益为上。这有几点好处。其一，每个人考虑的是满足自己的口味和饮食习惯，不必照顾和勉强他人。其二，自己所点之食物，不论好吃与否由自己负责。其三，便于AA制的分账。两种文化在餐桌上的表现，一个是集体为上，一个是个人为上。

在西方文化看来，每个人都是独立的，有思想、有个性的。像马赛克一样，每个人都是独立的一片，成千上万的、不同颜色的马赛克组合在一起，就是一个色彩缤纷的社会。东方文化认为我们每个人都是集体中的一分子，大家庭中的一员。我们重集体主义，轻个人需要，大家同心协力，在统一领导下，打造我们的和谐社会。

不同文化的比较，不是比高低、比优劣，而是学会从不同的角度看事物，使自己的眼界更宽广。学习不等于抄袭，我们都知道东施效颦的故事，西施皱眉是因为身体有恙，东施皱眉则是无病呻吟，这种盲目的效仿，适得其反，更显示出自己的丑陋。"学而不思则罔"，学习的目的是提高自己。重要的不止是学，而且还要思，思的过程就是去粗取精，分析、提炼的过程，把有意义的营养提取出来充实自己。人的一生就是一个不断学习、不断进步的过程。希望在这个新的时代里，中华文化博采众长，择善而习，从而使自己更强大。

学习传统不要作茧自缚

传统是随着时间的流逝而产生的岁月的沉淀。我们对于传统有着太多的偏执和膜拜。传统像一个光环、一顶帽子一样，戴在我们的头上，我们的任务似乎是保证将传统原汁原味地、不错一丝一毫地传给下一代。我的理解是传统是用来学习的，而不是用来供奉的，也不是用来机械地搬运和传递的。

传统不是单一的纵向的叠加，而是横向的开拓。随着时代的变化、科学技术的发展，有些旧的传统消亡了，又有新的传统出现了。电子排版、桌面办公系统的出现，使我们的传统中文铅字排版技术走进了历史。互联网、电子邮件的出现，使传统的拍发电报的技术也走进了历史。

传统不是垂直的发展，而是在否定中发展的。在发展中会横生枝节，又在发展的过程中自我修正。传统像积木，历史越久，积木越多。我们欣赏历史悠久的民族能把积木叠加排列得更高，也欣赏只有几百年历史的移民国家可以把积木排列组合得更有趣。传统是把双刃剑，用好了是财富，用不好是包袱。

父母来到一座荒山，披荆斩棘，胼手胝足地开拓出一处良田，建设起自己的家园。辛勤劳作，一手带大自己的孩子。但在孩子成年之后，父母却拒绝孩子接管他们的房屋田产，而是把开荒工具交给孩子，把他们逐出家门，让他们去寻找另一座荒山去开拓。这是一种传统。

父母呕心沥血，兢兢业业地经营一家餐馆或药房，凭着自己的聪颖和勤劳把生意越做越大。含辛茹苦地把孩子培养成人，然后交给他们祖传秘方，要求他们承继这份家业，遵守祖训，不逾规矩，希望他们把自己的事业和秘方原汁原味地一代一代传下去，这也是一种传统。

艺术是一条不停流动的河，不断更换着自己的内容。黄河长江都起源于中国青海省，千回百转，历经万水千山，最后分别流入东海和渤海，它们的河道都不是笔直的。

传统是在否定中发展的，而不是被动承传。每一个新流派出来的时候都受到排斥和非议，没有对错。每一种对的都有反对的声音说这是错的，每一种错的都有另一种声音说这是对的。只有经过时间的淘汰，把泥沙冲走，沉淀下来的才成为传统。

1830 年到 1840 年，在法国有一批信奉回归自然的画家，走出画室，来到大自然之中。在自然光下写生，然后再以写生稿为基础创作作品，如卢梭、米勒、柯罗、杜比尼这批画家，即巴比松画派。这批画家受到当时作为主流权威的以安格尔为代表的新古典主义势力的排斥和打击，但是后来巴比松画派进入了法国艺术史的主流篇章。

1860 年，一批画家热衷于光影变化和色彩印象，喜欢对景写生，外光作业。他们对色彩笔触情有独钟，对画面不加修饰，享受作画过程，却不在乎作品完成的效果。这就是以莫奈、德加、雷诺阿为代表的印象画派画家。当印象画派画家出道时，受到当时正统的学院派的打击和嘲讽，印象画派的作品全部落选法国艺术沙龙。印象画派同时也受到巴比松画派的排斥，如柯罗就反对印象画派。实际上早期印象画派是受到巴比松画派影响和启发的，巴比松画派是印象画派的老师，而老师否定了自己的学生。但是后来印象画派也进入了法国美术史的主流篇章。

当20世纪初期马蒂斯、毕加索等画家的现代主义艺术出现时，也遭到已成为主流的印象画派大师莫奈的反对。后来马蒂斯、毕加索的现代主义也进入了现代美术史的主流篇章。

中国清朝初年，以王时敏、王鉴、王翚、王原祁为代表的"四王"山水，强调师古和临摹，得到当时贵族士大夫的欣赏和支持，成为当时绘画艺术的主流。当石涛提出的"搜尽奇峰打草稿""不拘泥于前人，不崇古，不仿古"，追求"法自我立"，开一代绘画新风时，遇到传统保守画派的抵制和排斥。但后来石涛成了中国传统绘画的代表。

中国清代康熙乾隆年间的以金农、郑燮为代表的"扬州八怪"打破了当时画坛的清规戒律，开创即景写生、借景抒情的创作方式。他们重主观意志，重笔墨情趣，与当时的正统画风迥然不同，受到打击和排斥，被贬为"八怪"，但后来"扬州八怪"成为中国传统绘画的标志。

民国时期，齐白石先生由湖南来到北京，他的红花墨叶的大写意花鸟画不被当时的主流社会接受，他的充满生活情趣的南瓜、白菜题材，是与当时的士大夫阶级的欣赏品位格格不入的，被认为是非传统的绘画。但是后来齐白石先生的写意风格开宗立派，成为中国传统绘画的旗帜。

1954 年，李可染、罗铭和张仃三位先生去江南写生三个月，回来后，在北京北海公园办了一次山水画写生展览。这个展览，在当时引起了轰动和质疑，因为三位先生打破了中国山水画传统，以对景写生提炼的素材作创作原料，加上自己摸索出的笔墨表现方法，使自己的作品充满生活的朝气，不合于传统教条。这个展览开了现代中国山水画的先河，他们的创作理念和方法后来成为山水画创作的主流。

中外很多艺术大师们在刚出道时，都是不被传统主流接受的，是从被传统否定中走出来的，后来自己又成了传统。

我认为学习传统是非常重要的，不学习就无法承传和发扬。在绘画上，我们学习传统是为创作服务的。学习是手段，创作是目的，手段和目的的位置不要搞反。我们应该重在学习传统的精神和内涵，不只是学习形式上的临摹和技法上的套路。我主张以传统的精神、时代的内容、新型的表现方式融入自己个人的风格去进行艺术创作。作茧的目的是化蝶，学习传统的目的是创新。

主流与非主流和文化的多元性

　　近年来我经常回中国举办展览和讲学，感受到中国社会不断开放的过程。在世界经济一体化的今天，中国文化不可避免地受到了西方文化的冲击，绘画领域也不例外。画家中对于中国画在现时的发展方向，争论非常激烈。有人认为中国画要坚持民族性的"神韵"，不受外来文化的干扰。另外，有人在借鉴西方绘画形式，试验水墨宣纸的新功能，为创造特殊手段和特殊画面效果而标新立异。

　　我认为，两者并不矛盾，都在进行艺术探索。艺术探索比较艰难，因为它没有一个可以量化的标准。在艺术风格和形式的探索上，我们应该多一些包容。时代是变化的，文化是流动的，社会是多元的，主流与非主流是相互转换的。一时的成功不代表永远的成功，一段时间后，有的主流艺术衰退了、消亡了。反过来，一些小众支流艺术，若干年后却成了主流。在西方绘画史上，19 世纪末的法国印象画派刚出现的时候，是为主流社会的沙龙所排斥的。在中国历史上，石涛、八大、"扬州八怪"、齐白石刚出来时，也都属于非主流。石涛所处的时代，是以"四王"山水为正统的。齐白石刚出道时，他的红花绿叶大写意花鸟画也是非正统的，他的南瓜、白菜题材是与当时的士大夫的品位格格不入的，到了现在却都成了主流文化的代表。

北美的文化体系是多元的，美国、加拿大是移民国家，国民来自世界各地。不同的种族、不同的信仰、不同的文化合成一个共同的国家。美国实行文化熔炉政策，加拿大坚持多元文化的主张，都是在创造一个条件，让世界各地、各民族的文化融汇、交流。今天的中国文化，应该接受和融汇外来文化。在这个丰富多彩的多元文化社会里，我们有文化自信。我们的自信来自一个有5000年历史的泱泱大国，我们要把自己民族中的优秀东西发扬光大。同时要平等地对待其他文化，学习其优秀的部分，充实自己。要尊重文化的差异性，尊重不同的观点、不同的意见。对于学术上的、艺术上的、思想上的观点流派你可以不同意它，你可以讨厌它，你可以批判它，但是你不能消灭它，不能不让它存在，这是我对多元文化社会的体会。今天，随着高科技的突飞猛进，互联网、微信、高铁和航空等工具的发展，整个世界的空间和时间都被压缩了，世界变得越来越小，思想文化交流变得越来越快，东西方文化界限越来越模糊。现在，经济上已经做到世界一体化了，汽车、电脑、手机等产品已不是由某个国家独立完成的了，从配件到组装来自世界各地。在文化上，也是一样的，各种文化借鉴现代科技的手段在互相学习、互相融汇。在今天这个世界上，中国的国力日益强大，在世界文化中的影响力也越来越大。我相信博大精深的中华文化，能够在吸收外来文化精华的基础上，不断使自己更加光辉，更加灿烂！

从中国画的题跋说起

　　诗书画的结合，是中国绘画的独特艺术属性，也是文人画的灵魂所在。中国文人画的妙处在于使用中国书画工具的同一性，使书法与绘画、文字与形象相得益彰，在宣纸上达到和谐统一。作为构图的一部分，书法在画面上又起着承转与平衡的作用。有些题跋是画家有感而发，借画面而意有所指，发泄胸中情绪，这对于作品内容起到了非常重要的补充作用。中国古代的文人画家，许多是饱读诗书、自视甚高之士。他们或由于狷介不群、一意孤行导致官场失意，或由于追求功名无果而愤世嫉俗。总之，他们一生坎坷，看尽世态炎凉，一腔激愤无处发泄，故用纸笔浇胸中块垒。他们的画，不像西方古典艺术职业画家以完成客户订件为生，而是以发泄内心情感为目的。他们的画不写实，"逸笔草草，不求形似"。画家画完作品，意犹未尽，于是赋诗题跋，显示画家的学识修养。这样一来，就扩大了表现境界，更完整地表达了画家的理念和情绪。

　　故宫博物院所藏的徐渭《水墨葡萄图》轴是中国文人画的代表作。画面上的葡萄似是而非，藤蔓顺手穿插，一股癫狂之气扑面而来。画家信手涂抹，随意点染，笔墨酣畅，痛快淋漓。画的上部题诗一首："半生落魄已成翁，独立书斋啸晚风。笔底明珠无处卖，闲抛闲掷野藤中。"读过题诗之后，再看这幅葡萄，这哪里是在画葡萄，这明明是在画一个孤傲不群、怀才不遇、不被世人欣赏的落魄文人在晚年时的悲愤。闲抛闲掷的不是葡萄，而是画家那不被世人看重的一生。这首诗是这幅画的点睛之作，没有这首诗，这幅《水墨葡萄图》就没有这么强大的感染力。

郑板桥在他画的竹子上题诗一首："衙斋卧听萧萧竹，疑是民间疾苦声。些小吾曹州县吏，一枝一叶总关情。"诗题是《潍县署中画竹呈年伯包大中丞括》，这是当时任潍县县令的郑板桥送给上级领导御史中丞包括的一幅墨竹。几笔萧瑟的竹子，题上这首诗，这幅画就被赋予了不一样的意义。这不再是文人雅兴的笔墨情趣了，而是表达了郑板桥对自己辖区内的百姓流离失所、生活困苦的关切，同时也表达了自己为官的尽责之心。

齐白石一生中画了许多幅不倒翁。在这幅《不倒翁》图中，画的下半部画了一个不倒翁泥玩具，画的上半部题诗一首："能供儿戏此翁乖，打到休扶快起来。头上齐眉纱帽黑，虽无肝胆有官阶。"画家借不倒翁讽刺旧社会官场上的油滑市侩，贪官污吏，他们欺压百姓，鱼肉人民。最后一句"虽无肝胆有官阶"点明主题，表现出画家对官场人物的厌恶。此画如无题诗，大家只看到一个不倒翁玩具形象，很难联想到画家想表达的寓意。

西方绘画是用视觉形象单一地与观众沟通，而我们这种用文字补充画面的形式就显得丰富得多。西方现代绘画的一个不切实际的愿望，就是试图用绘画表达画家内心政治上、心理上、哲学上的诉求和陈述。其实，作为视觉艺术的绘画，表现力是有局限的，不可能表达这么隐晦高深的思想内涵，这远远超过了绘画的表现范畴。

毕加索的代表作之一《格尔尼卡》（Guernica）是一幅很难从画面上体会到深刻含义的作品。艺术史这样介绍作品的创作背景：1937 年西班牙内战期间，历史文化名镇格尔尼卡受到德国法西斯的轰炸，造成镇上居民重大伤亡。

当时身在巴黎的毕加索，听到这个消息，看到自己的祖国正在饱受德国法西斯的蹂躏，人民流离失所、家破人亡的惨景使他满腔愤怒。带着激愤的心情他画出了这幅高350厘米宽780厘米的立体派巨作。画家在作品中用拼贴的手法，用错乱的形象重叠来表现愤怒、恐慌和绝望的情绪。画中的残缺的动物和人物象征着战争的恐怖、生命的消失。画面上这些非牛非马的形象和伤亡者的断肢、扭曲的人体、痛苦的挣扎、母亲抱住死去的孩子的那种绝望的呼喊都给观众以强烈的震撼。画中的灯泡代表光明，眼睛代表希望。

艺术史家可以写出几千字、几万字来分析和解释这幅画每个局部的含义，但那都是艺术史家自己对别人作品的解读。如果没有文字的解释，只从画面上看，我完全体会不到这些内容。即使艺术史家也不能完全解释画中的象征意义，有些还是相互矛盾的。有的说画面上的公牛代表法西斯的邪恶和残酷，有的说公牛代表画家本人，因为西班牙人对于公牛有着自己的偏爱。有人说这幅画是一篇反法西斯战争的宣言，有人说毕加索一直对政治冷淡和漠然。可惜的是画家本人并没有留下对这幅作品的解释。远离政治的毕加索，后来被法国共产党接纳为党员，不知道是因为毕加索对共产主义的信仰，还是名人效应。总之不谈政治，只谈艺术，这确实是一幅毕加索激情澎湃的立体主义代表作品。

我在美国看到这样一位概念艺术家的作品，她把12面形状各异、大小不一的镜子挂在一面墙上。有的镜面是破裂的，有的镜面是变形的，如哈哈镜，有的镜子是正的，有的镜子是斜的。我从这一排镜子面前走过，看到自己在镜子中的形象不断变化，或胖或瘦，或扭曲或破裂。面对这样一件作品，我一脸疑惑。与艺术家沟通后，我才了解到她通过这件艺术作品要表达的内涵：当你面对镜子中的形象时，你要问自己，镜子中的形象是我，还是真实的人是我？我的形象是完整的，为什么镜子中的形象是破裂的、变形的？那么我真实的形象是否真的是破裂的、变形的，而我自认为是完整的？镜子中是我的真实形象吗？是社会扭曲了我的形象，还是我的形象本身就是扭曲的？走过这12面镜子，形象就不存在了，表示人生走完了。这样的解释，颇有庄周梦蝶的哲学意味。如果没有语言上的沟通，一般观众如何了解这位艺术家的作品的深刻内涵？对我来说，这件作品的意义在于创作者的宣讲，而不在于作品的本身。

西方传统古典艺术的标准是精致和华美，给人以直观愉悦的感受。当时的职业画家是靠客户的定件为生的，每一个画家都规规矩矩地画画，满足客户和市场的需求。自从凡·高画出《向日葵》系列后，启发了画家在绘画中表现自我的意识，都把自己当作太阳。既然太阳多了，宇宙的中心也就没有了。既然不再讲规矩，大家也就没了规矩。20世纪初，当康定斯基的热抽象绘画和马列维奇的黑白方块的冷抽象作品出来后，画家茫然了，不知道这是绘画的死亡还是绘画的新生。1917年，达达主义代表人物杜尚把小便池作为作品搬上展览会后，绘画就不再重视描绘，而是偏向态度，不再重视写实，而是偏向趣味，不再重视形式，而是偏向游戏。毕加索主张艺术家要成为自己的上帝，艺术家们便脑洞大开、自作主张、标新立异、强调个性。画什么和怎么画，都由画家自己定规则，因为只有上帝才能做最后的审判。现代艺术，变成了一个画家各尽其乐，自由发挥的大舞场。

绘画是创造一种意境，能让观众融进画面中。看一幅画，要静静地欣赏，所以又称读画。读画与读小说有相似之处，如同看书入迷，自己进入了小说的角色，与书中的角色共哀乐。当然，观众有自己的解读，就像莎士比亚笔下的哈姆雷特一样，在每一个读者的脑子里都有一个自己理解的哈姆雷特的形象。画家创造的意象一定要能拨动一部分观众的心弦，不能与观众共鸣的绘画，那只能是画家自我感动的产品。

相比中国文人画中的诗书画一体的互补形式，西方现代绘画的内涵，像装在茶壶里的饺子，无法从壶嘴里倒出来。中国传统文人画的题跋形式在现代绘画的表现体系中是大有可为的。

风吹不起虚无的帆

　　绘画是视觉艺术，离不开形象，无论是具象的还是抽象的。形象的描绘，离不开精湛的技艺。再有创意的想法，无法表达出来也是枉然。美术是美与术的结合，美是审美、构思、形象。但术与美同样重要，术是表达艺术理念的载体，就像一艘载物的帆船，如果船上没有帆，船只能在原地打转。因为，风吹不起虚无的帆。

　　在现代艺术理论中，有一种荒谬的论调，认为突出画家的个性和标新立异就是艺术的目的，认为技术层面的束缚限制画家的创造力，从而忽视画家的表现技巧。这个错误的认知，自20世纪20年代开始，就一直蔓延在西方的艺术教学中，一条歧路现在成了大道。在西方大学里的美术系学生普遍缺乏基本造型能力的训练，他们活在与现实脱节的、以自我为中心的虚无的象牙塔内。在大学里，应该进行试验性的艺术探索，我在念研究生时，身体力行地参与了这样的艺术实践。现代艺术中各画种与媒体之间的界限越来越模糊了，新的媒体、混合媒体等艺术形式的出现，体现了时代感。但是，如果这种艺术探索完全违背了造型艺术的基本原则，那就是毫无意义的胡闹。

在艺术院校教学里，绘画技巧已失去了意义，成了老套和过时的代名词。具象和写实的艺术形式被鄙视为商业性作品，只把晦涩难懂的作品称之为学术性的探索。在西方现代绘画的范畴内，好像画家可以不必是画家，但一定要是思想家、辩论家、社会活动家。艺术院校的学生作品在导师的评审中，作品只是视觉艺术的一小部分，而大部分是作者对自己作品创意的解说、表达和陈述。我在美国大学艺术系念研究生时，常常感到我是在念社会学、历史学、人类学和哲学的课程。

我认为画家的思想一定要开阔，要有丰富的历史的、文学的、哲学的，包括自然科学的知识，这是必要的文化修养。但是作为一个画家最重要的还有你的绘画功力和技能。正是功夫深而后性灵出。没有这一点，就不能成为优秀的画家。

把前卫艺术当作自己绘画能力缺失的遮羞布，声称艺术不一定是美的，盲目地追求创新和标新立异，这是西方现代主义绘画的通病。我认为美的形式有多种，甜俗的不一定是艺术，但艺术一定是美的。审美是主观的，但美是客观的。在美术作品展览中，常常可以看到这样的现象：职业的不一定专业，业余的不一定不专业。艺术创作是自由的，但是没有绝对的自由。艺术家是创作美的，这是艺术家的社会责任。

20 世纪七八十年代，国内美术院校对学生的基础造型能力的要求是相当严格的。我在中央工艺美术学院学习期间，所接受的素描、速写、色彩基本功的训练，使我受益匪浅。

对于学习美术的学生来说，老师的示范教学相当重要。示范强于说教，看老师作画，你会学到很多东西。而这正是西方美术教育中缺失的东西，他们认为，老师的示范，容易使学生陷入老师的窠臼，限制学生的原创力。这是很荒谬的。

在国内时，观看周思聪老师作画是一种享受。有一次我看周老师作画，画的是几个劳动中的藏族人物。周老师一反从整体到局部的素描法则，她从局部画起，直接在宣纸上落笔落墨。画人物脸上的五官时，执笔较低，握笔离笔头很近，这样能更好地控制毛笔，对细节进行深入描写。画眼睛时，周老师全神贯注，画黑眼球时，会留出一点白色的高光。每一根线条都准确肯定，表现出对象的结构、转折和透视关系。在上色时，用笔触和颜色把面部的块面和明暗关系表现出来。在画头发和衣服时，周老师用大笔概括地表达，又会恰到好处地用墨色的浓淡表现出高光，看起来是那样不经意的几笔，却极其生动自然。头上的皮帽是用大笔蘸上淡墨随手一挥，恰好洇出帽子的皮毛效果。在画面上，该简单的地方简单下去，如背景的虚化处理。该丰富的地方丰富起来，如藏族服饰的处理。服装的颜色用曙红、藤黄、三绿这些明亮颜色为主调，调一点赭石进去，压低颜色的明度，使颜色既丰富又和谐。周老师在作品中对人物有夸张，有变形，但是你看着很舒服。画家胸有成竹，每一笔都在掌控之中，这就是在似与不似之间的把握，这就是画家的天赋。从大胆肯定的笔墨中，你感到她的自信，她对画面的控制，对形象的刻画，能做到收放自如、游刃有余。笔墨信手拈来，浓淡干湿恰到好处，只有生动流畅、充满激情和才情的表露，没有半点的套路和油滑。周老师的作品是美的，周老师的作画过程也是美的。

周老师的水墨人物与传统的中国画人物有很大区别。周老师的人物画里面有素描、速写、结构、解剖，这些都是西方绘画中的元素，周老师把这些元素融进了中国画的笔墨中，变成自己的风格，体现出作品的时代感。

画家的创作是用脑想出来的、用手画出来的。缺少天赋的画家靠自己的聪明和努力也能达到一定的程度。现代的画家们首先要有坚实的绘画基础。只有在此基础之上才能进行创新与试验，否则，一切创新与试验都是无源之水。

绘画中的抽象与写实

　　无论是抽象的还是具象的形，都是来自大自然的形象。没有具象何来抽象？抽象主义和写实主义画家的不同点，在于从不同的角度去理解客观对象。两种艺术家，都在试图通过造型艺术把艺术家自己的感受传达给观众。抽象主义画家侧重于把视觉上对对象的观察上升到理性的、逻辑的再认识。写实主义画家强调如何使用绘画手段和绘画技巧来表达视觉上的感受。没有一幅画可以说得上是深入地表现出客观物体的真实的本质，一切物体都存在于三维空间中，又受时间、光线的影响而变化着。而画家的眼睛，只能从一个点上去观察事物。即使两个画家在同一角度去看同一事物，也不会得到完全相同的感受，这是因为，每个人都有自己独特的性格和气质，有着对事物反应的不同敏感度。

　　绘画不是简单的再现客观的表象，而是自我感悟的表达。在我的作品中，我是用取舍的、夸张的艺术手法强调客观对象的某个局部，来表现自己对客观物体的感受。我把客观物体看作自己创作的原型，但我要表现的并不是原型，而是通过艺术加工提炼出的原型的某些成分，那些我认为最能打动观众，最具有美感的东西。艺术表现所要解决的问题是，如何把通过眼睛对物体表面的观察得出的客观印象，上升为一种理性的理解，如何艺术地再现自己的理解。

我常从不同的观察角度去看世界，我看具体的形，也看抽象的形。例如毛坯房里那些粗糙的墙面，那上面有许多粗的、细的、有韵律的线，那是水泥模板的痕迹，却能使我大为激动。这些线可以组成任何形体，也可能什么都不是。但他们是一种形式，一种使人激动的形式，一种原始的、偶发的美感。这使我受到极大的振奋，启发了我对于观察的感受。当我们把物体的某一局部放大，也会得到一种莫名其妙的美感。用广角镜去拍摄一块石头是一种感觉，从不同的角度去拍摄这块石头就会有不同的感觉。如果我们把照相机对准石头的一个局部拍摄，然后再放大出来，会有更奇妙的感觉，可能感觉石头粗糙的表面像海浪，像云，像一层层的山峦叠嶂，像力的堆积，或者说更像一幅抽象画。这样看来，物体在不断地重复自己和表现自己的连续运动中，它的真实性也在不断地变化。有时把自然的某一局部放大出来的形式，比反映这个物体的全貌更美，给人以更多的想象空间，比如皴老的树皮、干裂的墙面，等等。在我们日常生活的环境中，我们可以开拓出许多抽象的形式来。每当我漫步在山林中，当我把自己融进自然，感觉到大自然美的灵气的时候，就有一种冲动感。一种要创造性地去表现大自然真实性的冲动感，这时大自然被看成一个抽象的模特，一个诱发我用绘画方法去表现的基因。在学习传统的基础上，画家也应该积极主动地去发明和发现新的表现手法，丰富自己的绘画语言。

艺术不像体育竞赛那样，是无法用一个具体标准衡量的。但是，各种不同绘画，无论抽象的或具象的绘画都是有自己的规则的，如打乒乓球与打羽毛球的规则不同，不能相互套用。绘画技巧在这里是很重要的，充满激情而缺少训练的画家往往不能控制和掌握画面构图、笔墨、色彩、线条，大大影响了作品的感染力。特别是搞抽象的画家，没有取巧的余地，在绘画技巧上面的不足，会使作品显得拙劣不堪。

简单纯粹的加拿大画家

在我居住的加拿大西部的温哥华岛上，人口只有几十万，但艺术家却很多。可能是由于温和的海洋性气候、旖旎的自然风光、宽松包容的社会环境，这个岛对于艺术家具有特殊的吸引力。据说，按人口比例算，居住在岛上的艺术家是全加拿大比例最高的。

在岛上生活几十年，认识了许多知名的与不知名的、专业的和业余的画家，感到他们身上的一个特质，就是简单和纯粹。他们在自己热爱的艺术王国里探索着、畅游着、享受着。他们远离世俗，把自己全心全意地投入创作中，只管耕耘，不问收获。

他们重视金钱，但不做金钱的奴隶。他们遵守规则，却又放浪不羁。他们彬彬有礼，但又狷傲不群。这群人时而聚啸，时而独行。在这个世外桃源一般的海岛上，他们自主、自我、自恋，不断地追求、寻找，打破自己的梦想。

岛上有着许多艺术家自发的组织和协会，有专业的，有业余的，有专业与业余混合的。各种协会的主席都是具有奉献精神的义工。他们拿出自己宝贵的时间和精力，为自己的协会尽心尽力地工作：联系安排举办展览的场地，想办法邀请嘉宾来办讲座，精打细算地利用有限的会费来办更多的事情。这种主席的职位，基本上是轮流坐庄，几年一换。协会的成员们也不好意思，把大量的工作一直推给一个人去承担，而自己坐享其成。轮流做主席，也就是轮流做义工，足见艺术家的敬业和奉献精神。

加拿大画家们重视作品的原创性，不以继承某个流派为荣。他们的作品带有强烈的个性，从来不人云亦云。他们的传统就是在否定前人的基础上创造自己的表达方式。一件作品引起争议，对他们来说是一件兴奋的事情。加拿大的社会鼓励不同意见的争论，特别是由政府资助的公共艺术，如环境雕塑或大型壁画等，大多是引起争议的作品，而艺术家也以能引起争议为荣。在作品展览会上，他们不在乎自己的作品是否获奖与售出，如能够遇到一两位知己，他们便高兴得像孩子一样。加拿大的画家强调的是自我表现。他们创作的目的是表达自己的艺术主张和态度，不在乎观众接受不接受，专家同意不同意，而在于自己高兴不高兴，自己开心不开心，完全是一个以自我为主的表达方式。他们没有包袱，没有束缚，所以思想开放，敢想敢干，确实是十分自由的。

泰德·哈瑞森（Ted Harrison）是一位深受加拿大人欢迎的画家。1987 年因在艺术上的突出成就获得加拿大国家勋章。我认识哈瑞森是在维多利亚速写画社的活动中。这个画社创立于 1909 年，至今已有一百多年历史，是个颇具声望的艺术组织。加拿大现代著名画家艾米莉·卡（Emily Carr）是创始人之一。哈瑞森早年就是这个画社的成员，但到我加入这个画社时，老先生已 80 多岁了，被推选为名誉社长。老先生久负盛名，和蔼可亲，诙谐幽默。初次见面，给人非常亲切的感觉，和他的接触多了，又感受到他在亲切后的个性。老先生在维多利亚橡树湾有一家画廊兼工作室。他常常在那里一边作画，一边与客人闲谈，悠然自得。老先生的作品很有个人风格，他在加拿大北部的育空地区生活过，他以独特的视角来表达自己的感受。他把育空天空的颜色夸张到灿烂至极，粉红色的湖泊，紫红色的山脉，橘红色的丘陵。他用大块明亮的暖色来表现这个极为寒冷的加拿大北部地区，色彩丰富，韵律和谐。他在作品中把人物、房屋、树林、河流概括成平面的剪影，使画面具有强烈的装饰效果，一眼看去，极像一个美丽的童话世界。

哈瑞森有一次同我谈到中西方绘画对光影的不同表现时说："你们东方人聪明。中国画看起来简单，但在简单下面有深度。你们表现的形象不受光影的限制，一下子就看到形体轮廓，而不是体积。西方画家则过多地强调光的作用，我们认为没有光，就看不到形体，看到形体就说明有光的存在。有光就要指出光源的来处，物体都是立体的，光从左面来，右面一定有投影；光从右面来，左面一定有投影。中国画家则认为没有光线就看不到物体，你能看到物体就说明有光，没有必要指出光源的来处。光源的因素自动地从艺术家眼里消失了。中国画家看到的是物体的形体轮廓，绘画的形象是平面的，因为画布就是平面的。西方画家主要强调光照在物体上的三维特性，非要在平面的画布上创造出三维假象。"我觉得哈瑞森这个见解很有道理。

哈瑞森大部分时间都在画室创作，两耳不闻窗外事。对艺术以外的世界知之甚少，你对他谈些小道新闻，他听的时候，会像孩子一样地睁着两只天真的眼睛看着你，充满好奇。满头白发的老先生的这种心无旁骛、醉心艺术的痴迷，就像游离于我们世俗生活之外的仙鹤。

托尼·奥利（Toni Onley）是一位个性强烈的画家，也是加拿大国家勋章的获得者。不像哈瑞森那样把个性放在和蔼可亲的后面，奥利给人的第一印象是强烈的个性，熟悉之后才感到个性后面的和蔼可亲。

我是从一位画家朋友那里知道奥利的。朋友讲了一段奥利的故事，那是关于1983年奥利只身挑战加拿大国税局的事情。奥利是一位画家，他出售原

娄述泽与加拿大著名画家泰德·哈瑞森（Ted Harrison）

作，也出售原作的限量印刷品。他画作的限量印刷品标价从数百加元至数千加元一幅。他当时共有几千张准备出售的限量印刷品。国税局认为限量印刷品不是画家原作，不算艺术品，而是要作为普通库存商品按价交税。这个要求被奥利拒绝，双方互不妥协。为抗议国税局的做法，奥利宣布，他将会在公共海滩上当众烧毁数千张印好的限量印刷品，并把这件事情作为一个行为艺术展示。此事经媒体报道，引起了轰动，惊动了几位国会议员和几位政府部长，直到引发当时的总理特鲁多亲自介入，请求奥利不要焚烧自己的艺术品。后来国税局妥协，公布了一个对艺术家的限量印刷作品计税的特殊条例。我知道这是一位个性强烈的画家。

奥利的抽象风景水彩画里融进了东方水墨的味道。他对东方文化的理解，主要来自日本，他用的毛笔和墨也来自日本。他从日本的书法和禅画了解东方艺术，用他自己的话说，他的灵感来自东方的书法。他把书法看作纯粹的抽象绘画，点线的韵律组合。他把东方的水墨技法直接拿来用于自己的创作，水墨和书法的美感很自然地融进了他的抽象风景水彩画中。他的风景画取材于他所熟悉的北美西海岸风光。他虽然是画抽象风景，但作品是在大量写生的基础上创作出来的。飞行是他最大的业余爱好，他本人就拥有一架小飞机。他常常自己驾驶小飞机去北极或内陆遥远偏僻的地方写生。有一次我带父亲拜访他，他还邀请我们乘他的飞机去北极看北极光，可惜未能成行。记得父亲很羡慕地对他说："你不但有自己的飞机，还能自己开，想到哪里写生就去哪里写生，中国画家没有这个条件。"不幸的是，2004年奥利在一次驾驶出行中，因飞机坠毁不幸遇难。他是一位充满冒险精神的画家，75岁高龄还自驾飞机到处跑，最终死于他热爱的飞行探险，我想他应一生无憾吧。

我所认识的大部分加拿大画家，都不太有可能成为像哈瑞森或奥利那样著名的画家。他们可能一辈子都默默无闻，但这不阻止他们对艺术的热爱和追求。他们投身于绘画，就是因为单纯的热爱。在他们的绘画中没有世俗功利，作画的目的是自我陶醉。他们不奉承、不应酬、不炒作，他们对与艺术无关的事情，不闻不问。正如齐白石先生所讲："画者，寂寞之道也。"当你全心投入一件事情的时候，当你遇到你最喜欢的东西，而志在必得时，你会不计成本，在价值上不觉得贵。只有在你不喜欢这件东西时，你才会觉得价格上的贵，因为有价值的东西是没有价格的。作为一个画家，我非常钦佩他们对艺术的热爱和诚实，那是一个真正的艺术家应有的素质。杂念太多，艺术就不纯粹。

创作有感

艺术应是一种自由的、活泼的、自我表现的形式。在我的作品里面，我混合了我所学到的、见到的古今中外的表现形式，借鉴了不同画种的表现方法。至于属于何种流派和风格，那属于批评家的范畴，并不是我的本意。

绘画是一个创作过程，创作活动是在作画的过程中，而不是在绘画结束的形式上。绘画本身其实是极简单的、自然的、表达情感的视觉形式。我的创作过程经历了观察、分析和感受三个部分。素材是在现实中收集的，作品是在工作室完成的。我坚持以情作画，没有激情的作品是没有生命的。以情作画和以法作画的不同在于以情作画每张不同，以法作画千篇一律。我的激情是从心灵深处涌起的，是在观察、分析和感受对象的基础上，沉淀发酵后激发出来的。

绘画本身其实是极简单的、自然的、表达情感的视觉形式，最早是一种自娱，后又有了娱人的功能，继而又有商业因素的渗入，使得绘画越发复杂。现代的文艺批评，把简单的绘画形式赋予了太多的内涵。许多现代艺术家试图用绘画这种简单的视觉形式，来表达自己政治上的、哲学上的、心理上的抽象内容，使绘画不胜负荷。这种高深的内容远非绘画语言所能表达的。"只恐双溪舴艋舟，载不动许多愁。"我的绘画本意是还原于视觉的原始感受。

如果下笔之前考虑太多有关传统与创新的问题，就少了许多笔墨的艺术情趣。作品的风格应是自然的流露，而非艺术家的忸怩做作。艺术是艺术家对自然的一种理解和诠释。我用绘画语言来表达内心的感受，可以用抽象的语言，也可以用具象的语言。我选择一种最适合我的语言来表达我的内心感受。

我的作品都是在宣纸上用中国画颜料混合其他画种颜料和技法描绘大自然的景观。我用渲染的画法突出冬日雪原的荒寒和落日余晖的绚烂，大自然有它严酷的一面，同时也有它的壮丽辉煌。我所表现的是人对自然、人对家园的敬畏和爱慕。

中国文化是一种含蓄、朦胧，给人以遐想空间的文化。用宣纸作画的精妙之处在于墨色在宣纸上所产生的随意性、偶然性和不确定的效果，画家可以在水墨交融的境界里，随心所欲、随机应变地营造画面效果。齐白石先生所说"作画妙在似与不似之间，太似为媚俗，不似为欺世"乃为此种艺术之圭臬。

过度解读

一日，学校请来一位德高望重的老画家，给我们讲课并当场示范。课室里，挤满了想一睹老画家风范的同学。老画家看着桌子上铺好的一张四尺宣纸，略一沉思，手指在纸面上，左右上下划动了几下，大概是在经营位置。然后挥动大笔，不徐不疾，胸有成竹地画了起来。先画一块巨石，然后画松树枝干，继而小枝，松针。一笔笔显出老画家的自信和功力。大概完成后，老画家提大笔，饱蘸湿墨，准备画几笔远山。在运笔过程中，突然几滴淡墨掉了下来，在白纸上洇出几个墨点。老画家见状，"呀"了一声，随后嘟囔道："坏了。"但老画家就是老画家，不为所动，不急不躁地继续画下去。远山画好后，老画家眯起眼睛看了一下整幅画面，然后换笔，蘸墨，在前景的石头后面加添了一支淡墨松枝。茂密的松针，把墨点盖了下去。松针间透出的几个忽隐忽现的墨点，反而加强了松针与枝丫间的连接，画面更为活泼，更加生动。我们都惊叹老画家随机应变、化腐朽为神奇的创造能力。

第二天，错过观摩老画家作画机会的老师来到教室，见到墙上挂着的老画家的示范作品，赞不绝口，称作品有大家风范。进而从立意到构图，开始解读这幅作品。见到老画家为掩盖掉在白纸上的几个墨点而补画的淡墨松枝，老师称那是神来之笔。说这是老画家，在构图上的独到之处。淡墨松枝，画在前景与远景之间，加强了画面的空间感，起到了承转起合的作用，若无这几笔淡墨松枝，构图即不成立。然后对我们说道，不要小看这几笔看似漫不经心的松枝，这是画家在构思时就预先设计的，叫作"在不经意处显功夫"。

其实许多画家作画，在作画前可能深思熟虑，但画起来便是随意而为。水墨在生宣纸上的随意流动，有时可能会出现许多意想不到的效果。优秀的画家可以驾驭在绘画过程中的不确定性和偶然性，他们能使这样超出预期的偶然性或"事故"的发生成为神来之笔。所以傅抱石先生往往在自己得意的作品上，盖上"偶然拾得"印章。

作画像下棋一样，规则就那几点。下棋要知道马走日字，象飞田字。但下起棋来，就灵活运用，变化无穷了。作画也是，要知道画面的对称、平衡、虚实、气韵。但在作画过程中，笔墨灵活运用，挥洒自如，这就是作画的乐趣，懂规矩又能打破规矩。

每个画家，即使是大师也不是每笔都是笔墨精到，也不是每幅作品都是神来之笔。对于画家的作品每个人都有自己的解读，但是不要过度。更不能把自己的解读看作正确的，强迫别人接受。

欣赏一幅好画，像是享受佳肴。一道菜上来，色香味俱全，看着舒服，吃起来味道鲜美，这就够了。如果这时，非要分析菜品构成、厨师创意、师承关系、摆盘风格，岂不显得多余，如果这时有人，更以自己的主观，牵强附会地去解读，岂不是让人生厌？艺术本无对错，可以随人解读，但不要过度，也不要强加。看老画家示范，我学到的是，画面出错，可以修改，随机应变，可能出彩。在老师对作品的解读中，我学到的是大师是"在不经意处显功夫"，老师的这句话我一直记着。

中国传统绘画中的现代因素

20 世纪 80 年代， 我在美国学习期间， 更多的是重新审视自己的文化。站在一个新的角度比较中西两种文化之间的同与异， 发现文化与地球一样，都是圆的，是转动的，而且还是互相影响的。

1988 年，我在美国北德州大学的硕士毕业展，采用了中国古代绘画中的手卷的表现形式。我的作品画在连成几十米长的宣纸、水彩纸和印刷纸上。内容是抽象与具象图形的组合，用的是中国的水墨和西方的拓印、拼贴的手法，除中国画颜料外，又加上丙烯、水粉的颜色增加颜色的厚重感。从展馆的入口处开始到展馆的出口处结束，我的作品环绕在展馆的墙壁一圈。这种表现形式使美国艺术家颇感惊奇。我告诉他们，这种形式来源于中国晋代（公元 4世纪）的古典绘画。我把东方的、西方的、古老的、时尚的艺术元素重新拆解、排列，然后再有机地组合起来，就产生新的艺术形式。如同万花筒一样，把这些元素放在一起，在不同的角度折射下会产生出千变万化的形象。艺术需要陌生感。

在中国的绘画中，手卷形式最早出现在东晋时顾恺之所画的《洛神赋图》中。后来北宋的王希孟所绘《千里江山图》、张择端所绘《清明上河图》、元代的黄公望所绘《富春山居图》，都极大地丰富和提高了手卷的表现形式和内容，成为最具民族特色的中国绘画瑰宝。

手卷形式的出现，是与中国当时主张清静无为、天人合一的老庄哲学紧密相联的。中国古人对宇宙的认识是以天地为最大，人最渺小。人在山林丘壑间是无法看到山川的全貌的，人只能看到大自然的一角。只有围着自然行走，才能感受到山川的锦绣、江河的壮丽。画家把这一段段在不同地点、不同时间的对自然的描绘联系在一起，组成一个横向的长卷。手卷逐渐展开，观众如坐船中，沿途游览。景像是流动的、延续的，在咫尺空间之内，展现无限的浩瀚。画这样一个长卷，不可能用焦点透视来完成，因为那已经超出了人的视角范围。散点透视就这样进入了中国绘画。

手卷出现的另一个原因是材质。中国画的材质是绢和纸，这种柔软的材质可以不受长度的限制，接在一起，无限延长。不用时又可以收卷起来，节省储藏空间。手卷形式充分体现了中国古人的智慧。

在中国绘画手卷形式出现时，西方才刚刚进入漫长的中世纪。15世纪的文艺复兴，让上帝走下神坛，人文主义发扬光大。这时在以个人为主的西方文化中，人们认为世界上人是最大的。英文中的"我"，"I"永远大写，而对方的"你"，"you"总是小写。所以画家看大自然是以"我"为主，画家的视点就是画的中心点。"我"的视点不动，所看到的尽收眼底的景像就是这幅作品的极限。这就是主宰西方绘画数百年的焦点透视。

另外，西方绘画的材质也局限了绘画的尺寸。油画大部分是画在木板或绷在画框上的画布上，受到画框的限制，在尺寸上就不能无限延长。而画框或木板又不能卷起或折叠，在展示和储存方面都受到影响。

东西方风景绘画的不同，在于中国人以自然为中心表现自然，西方人以自我为中心描绘自然。

　　仔细分析，你会发现中国的古典艺术中包括了两方现代艺术中的许多因素。唐代书法家张旭写字，必在饮酒大醉后，有时甚至将头浸入研好的墨汁中，以头发蘸墨，以发代笔，高呼大叫而书。这是发生在中国唐代，公元 8 世纪的行为艺术。唐代张彦远在《历代名画记》中提出"墨分五色"，含有现化艺术中"极简主义"的成分。手卷中的散点透视与毕加索、布拉克的立体主义是同一脉络，都是以不同视点来表现对象。不同的是，中国画家没有像立体主义画家那样切割和叠加图像。明代画家徐渭的墨葡萄就是 16 世纪中国的抽象表现主义作品，比较徐渭与美国 20 世纪 50 年代抽象表现主义画家德·库宁（Willem de Kooning）的作品，发现有异曲同工之妙，都是在用抽象的艺术语言任情恣性地表达主观情绪。

　　不要牵强附会地去比较，我们会发现，人们虽然生活在不同的文化背景中，受到不同的传统与习惯的影响，但在艺术上有许多观察方法和表现形式，是会重叠的，有异曲同工之妙。文化是会互相影响、互相借鉴，进而共同发展的。

2017 年中国矿业大学银川学院建立娄述泽工作室

娄述泽 2012 年在云南师大讲课

夏 *Summer* 局部

心 境 感 悟

叩寂寞而求音

寂寞是人生的奢侈品，是艺术的最高境界。中国写意画大师齐白石先生有句名言："画者，寂寞之道也。"寂寞不等于孤独，孤独是一种外在的状态，在于形。而寂寞是一种内在的感觉，在于意。寂和寞都是安静无声的意思，人只有在独处一室的时候才能安静，安静才能放松，放松才能自在，自在才能超脱，超脱才能敞开自己的心灵与之对话。

只有在心灵安静的时候，你才能听到瑞雪飘下的声音，才能体会到春回大地的躁动，才能感悟到雪后花蕾的绽放。这是一种美，抽象的美，不着边际的美，不是每个人都能体会到的美。

寂寞是一种美，美得那样朦胧，美得那样迷茫。像湖上的一团淡雾，像山中的一片青岚，捉不着，摸不到，但确确实实地存在着。

饭后沿着小溪散步，几场风雨使小溪的水流湍急。望着飘零的落叶随着溪水顺流而下，一去不返。想到生命也正是如此，我们的每一天，像树叶一样任光阴带走，永不回来。雨后的清秋带着薄薄的凉意，使人清醒，使人振奋。望着远处宁静的群山，近处葱郁的松柏，那是一种大自然无言的美。

在这个世界上，我喜欢找一个干干净净的角落，安安静静地生活。我的家不是很深的宅院，却很舒适，不是很高大，却很清幽，不是很华丽，却很安逸，这样足矣。我可以在自己的家里，从容地享受生活的闲散和淡然。我写书作画需要一个不受外界打扰的安静环境，我的精力才能集中，思绪才能流畅。我的作品不算完美，敝帚自珍，只求自我感动，不想娱乐众生。生活本来单纯，自在也很简单。困扰在于我们自己常常把简单的事情想得太复杂。

泡一杯清茶，捧一卷好书，到画案上铺纸泼墨。从晨起坐到日斜，看阳光从明窗中轻洒进来，越过树头，又从林间悄然飘逝。随着时间的流淌，心情也变得闲适起来。生活经得起流光的抛掷，我静静地品味着生命中的每一段时光。

信笔的书画、清幽的诗韵，永远不会随着时间飘走。自己的书画，好也罢，坏也罢，都是生命的留痕，随手取一段夹在岁月的书卷里。人生其实是一本书，有开篇，也有终结。每个章节都藏着玄机，藏着惊喜。我们要活在当下的章节里，要活在生活的快乐中。

可能是独生的原因，我从小就与寂寞为伴。小的时候看了《三国演义》中的一个章回，便一个人在院子里跑来跑去，幻想着自己是一名骠骑将军，指挥着看不见的千军万马。再大些时候，就幻想着佩一把龙泉宝剑，骑一匹精壮俊马，浪迹天涯。在某地遇见一位如花的女子，深情地望着我，对我说："我懂你内心的寂寞。"说罢，翻身上马，与我同赴他乡。

我最喜欢春天的到来，看春天的池水，水中的涟漪，涟漪中的湖光山色，山色中的盎然生机。体会春的味、春的色，看那山坡上五颜六色的山花开得如醉如痴的妩媚。脚下清澈的小溪伴着潺潺的流水，脉脉含情，如诉如泣，恰如一曲生命的交响。

　　数年前春日的一天，携妻来到浙江舟山群岛的普陀寺礼佛，那是观音菩萨的道场。看着熙熙攘攘的芸芸众生，心怀虔诚地从各地赶来朝拜。在这摩肩接踵的凡夫俗子人群中，有的求升官发财，有的求金榜题名，有的求一夜暴富，有的求来年生子，我们也是其中之一。随着人群来到法相端庄的菩萨面前，心里的俗愿却一下子说不出口。同妻商量后，我们决定不求有，只求"无"。我们求无病、无痛、无灾、无难、无虑、无忧。下得山来，一身轻松。

　　现在的社会太浮躁，太多的画家变成了社会活动家，善应酬，喜交际，拜名门，拉关系。在这方面耗费许多光阴，能有多少时间放在潜心读书作画上？齐白石先生所说："画者，寂寞之道也。"今天，有多少画家能做到？西晋陆机在《文赋》中写道："课虚无以责有，叩寂寞而求音。"在虚无里找形象，在寂寞里寻声音，此乃艺术的最高境界。学会享受寂寞才会享受人生，生命原本就是无言的。

老安馆的来历

　　"老安馆"这三个字是齐白石先生为我父亲题写的画室匾额。先讲一下我父亲与齐白石先生的师徒关系。我祖父与齐白石先生是在北京认识的。两个人都是湖南同乡，他乡遇故知，倍感亲切。当时齐先生的两个孩子齐良迟、齐良已寄宿在北京香山慈幼院，而香山慈幼院恰恰就是我祖父工作的地方。这样一来，齐先生便拜托我祖父在香山顺便照顾一下孩子。当时，交通不便，由北京市区到郊区的香山要耗时近一天，我祖父每个月总会回城一次同祖母团聚。齐先生住在跨车胡同，我祖父住太平桥，两家相距不到 1 公里。俩人既是同乡又是邻居关系，走动也就多了起来。我父亲 14 岁时初识齐先生，当时是做祖父的跑腿，取一些齐先生托我祖父回香山时带给寄宿孩子的东西。

　　父亲从小喜爱绘画。有一天，父亲在家画了几幅作品放在桌上，恰好齐先生来访，看到这些画后，大为夸奖，他对祖父说："你这个孩子胆子很大，敢画，笔墨很像我。我愿意收他为徒，好好教他。我们两家'易子而教'，如何？"祖父母听了自然很高兴。父亲在绘画上的天赋，性格上的少年老成，踏实认真，让齐先生非常喜爱。在我父亲 16 岁时，正式拜师，成为齐先生最小的入室弟子。父亲原名娄少怀，齐先生取孔子"老者安之，朋友信之，少者怀之"之意，为我父亲画室命名为"老安馆"，以篆书书之。齐先生又对我父亲说："孺子可教，他年有成，勿忘乃师。"遂刻印章"师白"作为礼物赠之，从此父亲由娄少怀改名为娄师白。

1936 年，四川军阀王缵绪邀请齐先生去蜀一游。齐先生动身之前，交代我父亲两件事：一是替他到国立北平艺术专科学校代课。齐先生把备好的课先讲给我父亲，在齐先生不在京这段时间，由我父亲代为上课。二是要我父亲住在他家，替他看家。当时北京匪盗猖狂，齐先生担心他不在家时，家里财物被盗。齐先生留给我父亲一笔钱作为日常家用，我父亲则定期写信向他汇报家里的情况。齐先生一去五个多月，返京后，对我父亲完成的代课和看家这两项工作很满意，送我父亲一幅 8 尺对开的《残荷》画作，作为答谢。

我父亲在学画上非常认真，经常在齐先生家中为老师理纸磨墨。老师作画时，他在一旁静观。晚上回到家中，展纸泼墨，背临出老师的当日作品，第二天再拿回请老师指教。齐先生见到我父亲的画作，会在满意的作品上题词赞赏鼓励，先后共有 28 幅之多。在我父亲画的《菊花图》中，题字："娄君之子少怀之心手何似我，我乃螟蛉乎。"在另一幅《芦蛙图》中写道："少怀弟能乱吾真，而不能作伪，吾门客之君子也。"

我父亲在齐白石先生身边 25 年。在这期间，他不仅学习绘画，而且在诗、书、画、印四个方面全面地继承了齐先生的艺术风格。父亲的治印造诣深厚，继承了齐先生单刀直入、古朴强悍的篆刻风格。他在 20 世纪 60 年代出版了一本《怎样治印》的专著，介绍自己的篆刻心得。他紧随时代，提倡简化字入印，在齐先生的篆刻艺术上别开生面。后来，父亲又出版了《娄师白印草》一书，还出版了一套《娄师白印章手拓本》，从中可以看到父亲在篆刻艺术上的创新和探索。

"老安馆"这块匾额挂在父亲画室的墙上多年，见证了父亲在艺术上的承传和蜕变。父亲过世后，我把这块匾额带到我定居的加拿大，挂在我的画室里。这块匾额承载了太多的记忆和怀念，同时，也是一份沉甸甸的责任和义务，我要身体力行地在海外承传和发扬我们博大精深的中国文化。

平常心

　　本世纪初有幸认识广东书画家莫各伯先生。在莫先生北美巡回展览之际，我邀请莫先生来加拿大维多利亚，在我的画廊举办个人展览。展览结束后，莫先生写了一幅书法作品《平常心》送给我。这三个字极为简单，但要做到极为不易。人在顺境中可以慢慢体会其中蕴意，但处在困境中，就很难保持心态的平常，正是知易行难。

　　经历了人生的大半，如今到了耳顺之年才知道，有些声音是可以听而不闻的。回首往事，看到走了一些冤枉路，浪费了一些宝贵时光。几十年的人生路，如果能重走一遍，一定会走得更精彩。人生如征途，年轻时遇到一座山挡路，会一往直前，奋力攀登，享受征服困难的喜悦。现在看来，当时若是绕开一下，就可以走得更快、行得更远。时间不能倒流，但遗憾可以放下。

　　儿童看世界的眼睛是天真的、干净的。他们的要求是简单的、容易被满足的。他们是带着一颗欢喜的心、好奇的心生活的。他们的颜色是单纯的、明亮的，因此他们是快乐的。长大以后，要求多了，欲望多了，人生的颜色多了，不开心的事情也就多了。在社会这个大调色盘上，我们用生活调颜色，有的人调出的颜色丰富多彩，有的人调出的颜色污浊不堪。过去的生活不能重来，但未来的颜色可以重新调整。

在这个世界上人们是以成败论英雄的，人们对你的评价在于你是否成功。苹果电脑创始人乔布斯，在苹果电脑起步时，执意把零售店面选在大城市高端购物中心里的主要位置，更要与名牌时装店比邻，而且要求超大面积。当时的电脑还未普及，公司里大多数人持反对意见，认为电脑这类产品，只要开在一个合适的地方，客户就会找上门来。没有必要开在租金昂贵的高端购物中心，而且苹果电脑产品种类并不多，太大的陈列空间反而更显得店面空荡荡的。而乔布斯要的就是大而空，他坚持把大量的资金用在店面位置上。他成功了，苹果后来成了引领时尚潮流的品牌。人们对他的评价是：只有乔布斯有远见，看到将来的苹果品牌会成为年青一代的时尚标志。有他的坚持己见、力排众议、果敢前行，才有今天的苹果。但如果失败了呢？那可能就归结于乔布斯的刚愎自用、固执己见、一意孤行。

在某一个关键节点，你听从别人的不同意见，修改了自己的决定，如果成功了，你就是从善如流。如果失败了，你就是一味盲从。对于一件重大事件，你不急于决断，三思而行。成功了，你就是深思熟虑，处事稳健。失败了，你就是犹豫不决，一事无成。坚定或固执、勇敢或鲁莽、灵活或投机这些褒贬会根据事情的成败在你身上轮流转换。

所以我们不要活在别人的眼里和嘴里，不要被成功或失败的情绪左右。人贵有自知之明。年轻时心高气傲，以为自己是匡时济世的人才，能做惊天动地的大事。现在看来，年轻时的理想太高、太飘、太不切实际。其实我们只管努力，剩下的交给未来。只要奋斗过、争取过，一切结果都可以放下。大材小用比小材大用要幸福。演主角的被派去演配角，配角一定很精彩。只能演配角的去演主角，主角一定很滑稽。一个人的成功需要天赋、努力和机会，缺一不可。特别是机会，可遇而不可求。

人们憧憬八月十五月儿圆，是因为人生有太多的残缺。所以我们对圆满，有着那样的期望和追求。能面对自己的缺点，容得下生活的不完美，人就可以自信，由自信而包容，由包容而豁达。

我理解平常心就是平常人之心。对我来说，一分耕耘，我只求半分收获。一分耕耘，一分收获，已是满分。从不奢望一分耕耘两分收获。我们来到这个世界是偶然，离开这个世界是必然。在偶然到必然之间，我们要积极生活、努力工作、创造价值、贡献社会。能为这个社会加一块砖、添一片瓦、发一分光、出一份力，简单的生活就会变得很充实、很丰富。

女儿本命年

　　2019 年，岁次乙亥，女儿本命年。岁月快得像水一样从沙地上渗漏，倏然间 24 个寒暑似风一样从生命中刮过。女儿从呱呱坠地到亭亭玉立，只在弹指一挥间。伴随着女儿的成长是爸爸渐渐增长的年轮，当年的满头华发已慢慢地染上了秋霜。

　　24 年前，陪妻在加拿大维多利亚总医院待产。产房的窗外是大片绿色如茵的草坪。草坪上散落着斑斑点点的白色兔子在那里悠闲地觅食，懒散地享受着春日阳光的温暖。

　　我期待着一个生命的到来，心里充满着要做父亲的激动和不安。对我来说，男孩女孩都不重要，重要的是要迎来一个健康的宝宝。随着第一声啼哭，女儿出来了，像只小兔子一样被医生拎在手中。见到女儿，心中有点小确幸，人们都说女儿是父亲上辈子的小情人。今天，你，终于来了！

　　在产房护士清洗了女儿之后，第一次抱女儿入怀。抱着那稚嫩柔软的小生命，就像抱着一件易碎的景德镇的薄胎瓷器，小心翼翼地生怕伤到她的一根毫毛。抱着她一动也不敢动，以至于护士把女儿抱走后，我僵化的臂膀好长一段时间都无法自然地舒展。

女儿你可记得，你小的时候问我你从哪里来，爸爸编了一个故事：爸爸在后院种了几棵豆子，有一棵长得特别快，爬得特别高。有一次爸爸在浇水，听到一个小声音说"放我出来，我要做你的女儿"。爸爸把这棵豆子移入房内，每天施肥、浇水、捉虫，非常用心地照料。豆荚越长越大，一天豆荚突然爆裂，跳出来一个小娃娃，爸爸妈妈收养了她，这就是你。爸爸至今还记得你听到故事后那迷茫的眼神。妈妈给你讲的是另一个版本，一个梦，一个真实的梦。那是在妈妈认识爸爸之前，妈妈梦到一个小朋友来到面前，睁着两只大眼睛望着妈妈。妈妈问道："你是谁家的娃呀？你好可爱，我很爱你。"小朋友回答："我是你的娃。他们告诉我，我会有一个好妈妈，但是我要等。我今天来看看你，我也很爱你。我要回去等了。"说完蹦蹦跳跳地跑了。梦醒之后，妈妈觉得有点奇怪，妈妈是广东人，在香港长大。妈妈的同学、朋友不是讲英文的就是讲粤语的，没有讲国语者，而这小娃娃讲的却是一口普通话。

女儿你可记得，你小的时候，爸爸同你玩捉迷藏，最后爸爸藏在一个你找不到地方。你找不到爸爸，跑到妈妈面前大声喊道"Mom, Daddy disappeared!"（妈妈，爸爸不见了！）声音里充满着担心和焦虑，爸爸听到后，心都融化了。那时你 3 岁。

女儿你可记得，你学校的老师请爸爸给你们小朋友讲中国画，爸爸画了一些小鸡小鸭，他们看到后，又兴奋又惊讶。你很骄傲地大声说"My dad is an artist."（我爸爸是画家），那时你 7 岁。

女儿你可知道，你考驾照前，爸爸陪你练车的时候，爸爸坐在副驾。我们的车跑在维多利亚乡间的小路上，爸爸在侧面看着你开车的模样，你是那样认真专注。爸爸在想，有一天，你会有自己的驾照，你会握着自己的方向盘，按照自己心中的地图，开向你的目的地。那时，你不再需要爸爸坐在副驾上，想到这里爸爸的心里泛出一丝酸楚。那时你 17 岁。

女儿你可知道，你考入不列颠哥伦比亚大学，爸爸妈妈是何等为你骄傲。在开学前爸爸妈妈送你去温哥华，爸爸特别为你买了一个衣柜。在你住的那间阁楼上，爸爸为你把衣柜组装起来。爸爸记得那天那个房间非常闷热，汗水不停地从额头上流下来，流到眼睛里，汗水、泪水混在一起。爸爸不停地擦着脸上的汗水和泪水，要赶在回去之前把衣柜给你装好。爸爸妈妈晚上要回维多利亚，你将留在温哥华开始你的大学生涯。小鸟已经展翅，爸爸妈妈回去的将是一个空巢的家。那时你 18 岁。

女儿你可知道，那年奶奶突然生病住院，事发突然，爸爸完全没有准备，匆匆赶回北京照顾，但在加拿大的工作又一时放不下。恰逢暑假，你自告奋勇地提出你去北京替换爸爸照顾奶奶。你一人飞来北京接替爸爸，在北京陪伴奶奶三个月。爸爸回到北京后，听到奶奶和照顾奶奶的刘阿姨对你不停地夸奖。你一人在北京三个月，自己独立处理了许多事情。在你回加拿大上学的前一天的晚上，爸爸和你在小区内散步，我们围着小区走了一圈又一圈。你有说不完的话要同爸爸讲，你讲你在北京的见闻，你讲你大学里的课程，你讲你与同学的关系，你讲你的规划，你理想中的工作，你未来的生活。几个月不见，你说话的语气，神态都变了，爸爸突然感到我的女儿长大了，成熟了，那时你 20 岁。

一天，爸爸路过你小时上学的学校，想起在维多利亚那多雨的冬天，爸爸曾经撑着一把蓝白两色的大伞陪你走在上下学的路上，陪你走过那一段青春的岁月。你是幸福的，在你成长的过程中没有缺少爸爸妈妈的陪伴。爸爸妈妈也是幸福的，我们能够陪同你一起成长，陪着你看《忍者》《网球王子》《家有儿女》《爱情公寓》《非诚勿扰》等节目。看着你一天天的变化，见证你一年年的成长。爸爸欣慰的是你作为出生在加拿大的第二代华人，能够熟练地掌握中文，了解中国历史，认同中国文化。爸爸也希望你能把这个传统传到下一代。

你大学毕业，步入职场。当你把男朋友第一次带到爸爸妈妈面前的时候，爸爸感到你心里那一丝的忐忑和期盼。女儿你不用担心，只要是你的选择，只要你们相爱，你们就会得到爸爸妈妈的祝福，爸爸相信你的判断。你无论飞多高、走多远，家里都是你避风的港湾，你打开家门的钥匙，爸爸永远不会收回。

弱小不等于无助

　　记得在刚上小学的时候，当独自一人走在放学回家的路上，脑子里就会有许多漫无边际的奇思妙想，自己沉浸在一个神奇的世界里。那个时候，我对细小的生命充满兴趣和怜悯，曾趴在地上看蚂蚁搬家，看种下的豆子在土中发芽。走路低头，是怕踩到踽踽而行的蚯蚓，轻关房门，是怕惊飞檐下筑巢的春燕。一只蜜蜂飞进盛开的金银花的棚架，我的眼睛随着蜜蜂，透过盘曲交错的茂密藤蔓，在浓绿的枝叶深处，幻想着在这个迷你的空间里，构建一间迷你的小屋，绿叶可以遮阳，枝蔓可以挡雨，我可以无忧无虑地生活在这个与世隔绝的乌托邦世界里。

　　小时候养过鸡。把刚刚孵化的毛茸茸的小鸡，装在纸盒里带回家，精心喂养，仔细照看。小鸡一天天长大，大鸡不如鸡雏可爱，可仍是很喜欢看它们在院中神气十足、昂首阔步的样子。直到有一天，祖母磨刀杀鸡，一条鲜活的生命变成了桌上的菜肴。从那以后，我不养任何宠物，不愿再见那最后的离别。

　　路边的小草、池畔的野花，都能引发我的很多联想。这些被人忽视的植物，是被大自然赋予了生命的，它们有光就能生，有水就能长。它们经历风雨，顽强地生存着，绽放着，不需要任何人的照顾。

受母亲遗传，同情弱者。最见不得世间的以强凌弱的欺压。一日与人谈起同情心，某人不屑道，同情弱者，是因为本身即是弱者。从强者对弱者的态度可以看出强者是否真正强大。在当今社会里，我按我的原则生活，看不起以强者自居，盛气凌人之人。有些人自称为强者，其实是两副嘴脸的人。这种人在弱者面前装作强者，专横跋扈，颐指气使，而面对他的上级时立刻换成另一副嘴脸，唯唯诺诺，卑躬屈膝，非常令人不齿。我虽弱小，但有许多人比我还弱小，我愿用自己的绵薄之力帮助他们，若能帮到，我心里就有一分慰藉。不要压迫弱小，再卑微的生命也有生存的权利。

维多利亚的秋天

有些城市，你生活过了一段时间后，却仍然感到疏离。因为，你不属于这里。

有些城市，你刚一到，就体会到一份亲近，有家的感觉。因为，这里属于你。维多利亚对于我来说，就是这样的一座城市。

维多利亚是加拿大不列颠哥伦比亚省的省会，处于温哥华岛的南端，与加拿大第三大城市温哥华隔海相望。全岛面积31000多平方公里，但人口只有70多万。这里属温带海洋性气候，温和多雨。冬无严寒，夏无酷暑，有大城市之便利，无大城市之喧嚣，从我第一次上岛旅游时就爱上了这里。想不到，几年后，命运眷顾，维多利亚成了我安家立业的第二故乡。

受北太平洋暖流影响，这里的秋冬两季多雨。秋天连绵的阴雨使人心理上有压抑的感觉，情绪低落。刚刚上岛时，我对于这里的阴雨天气非常不习惯。有时一周不见太阳，心情不免沮丧。几年后，渐渐适应了。现在体会到了维多利亚秋天的另一面：秋天的爽朗，秋天的灿烂，还有那雨中的浪漫。

雨过天晴的维多利亚，秋阳高照，碧空如洗，天边飘着几丝白云。秋天的天显得格外高、格外蓝，不禁想起刘禹锡的《秋词》：

自古逢秋悲寂寥，

我言秋日胜春朝。

晴空一鹤排云上，

便引诗情到碧霄。

打开一扇秋天的窗，融进五彩缤纷的色彩中，在铺满夕阳的院落里，伴着沁人肺腑的清风漫步。心灵同落霞缠绵，情感与彩云缱绻，享受生活的闲散和淡然。

年轻时，每到初春的季节，当暖风拂面，看百花待放之时，心情就激动起来。但在激动中又有一丝惆怅，正如齐白石的题诗："年年春至愿春留，春去无声只合愁。"如今"惜春常怕花开早"的青葱岁月早已过去。尝过人生的滋味，已能做到花开不惊喜，花落不伤心。花开花落，那只是生命的轮回，四季的常态。生命中烟花燃烧的灿烂，只是一时的短暂，灿烂之后的平淡才是生活的本质。错过春光，莫再辜负秋色。在维多利亚多雨的秋天，我喜欢撑一把伞，穿上雨靴，披上大衣，漫步在苍松翠柏之间的小路上，体会雨中的浪漫。

自然之歌

一朵小花

这是一朵淡蓝色的小花，我不知道她的名字。她是那样的柔弱，静静地站在一丛娇艳的红花旁边，质朴而坦然，既无争艳之姿，也无斗奇之态。微风吹过，红花随着风势摇拽着，展现她们的妩媚。而她，文雅娴静，迎着风默默地唱着自己的歌。我听见了，那是花岗岩听到也会动心的歌。她并不孤独，在这个世界上，还有许许多多这样的生物，他们虽然弱小，但都倔强地昂着头，把那纯朴的美和并不芬芳的香，默默地献给哺育他们的大地。

正月雪

晶莹的雪花纷飞着，雀跃着，来到这个内向的寂静的世界。悄悄地覆盖了世间的一切。她们用身体，温暖着即将复苏的生命，滋润着干枯的大地。万千个被解脱、被陶冶、被活跃的生命开始躁动了、再生了。晶莹的雪开始融化了，她们带着欣慰，带着自豪，融进江河，融进大地。她们欢呼着，这里已经不再是一个僵死的世界，这里有生命的成长。

山间小溪

在山间有一条小溪，叮叮咚咚，穿过深山，越过平原，流进江河，日日夜夜，她是那样的欢快，流个不停，当你向她悄悄地诉说自己的心声，她也会轻轻地回鸣。她是生命之泉，哺育世间一切有生命的精灵。而她自己呢，她的生命在哪里，她轻轻地说："我的生命是永恒。"她不断地从地球深处涌出来，早晨，带来清新和希望，带来对世间生命的祝福和祷告。傍晚，她又带走人间的烦恼和疲劳。当她在阳光下经过的时候，你可看到，一个五彩的光环在她心中荡漾？

向日葵

春天他们萌芽了，深深地把根扎进大地，吸取着母亲的乳汁和营养。当他们从大地上抬起头的时候，就执着地追求着光和热，扬着脸向着太阳。秋天他们成熟了，用开花、结籽来回报大自然赐予他们的一切。一些空心的向日葵，依然高傲地举首向天，而所有充实和饱满的则低头向着大地，向着他们的母亲。

小红花的怀念

　　自然界中有千千万万种花花草草装点着人们的生活，有的我们可能叫不出它们植物学上的名字，但只要与生活连在一起的，就会长久地印在我们的记忆里。

　　在我童年的印象中，每年春夏之交，院子里总有许多开着细碎的五瓣形的小红花，像是缩小了数倍的牵牛花。每当积雪初融的时候，它们就在背风向阳的墙根下，悄悄地萌芽了。年复一年地靠着自身的力量生长、繁衍，不需要播种，不需要关怀。到四月中，刚刚暮春天气，便已开出几朵淡红色的小花。若是再经过一场春雨，这种细弱但顽强的藤蔓植物便会突然地拔地而起，互相拥挤着向上蹿，向青砖墙上爬。虽然没有芬芳的香气，但也会招来蝴蝶、蜜蜂飞舞其间。院子里真正的春天是从这一片小红花开始的。至于这种小红花的植物学上的名字，我一直无从查找。祖母把它叫作小红花，因此，全家人便都称它为小红花。

　　我对小红花的怀念是和祖母连在一起的。那是那么久远的事情了，祖母已经离开这个世界很多年了，走了这么远，但始终没有走出我的记忆。她个子不高，背有些驼，很少穿过讲究的衣服，除非是很隆重的场合。裤袋上总是挂着一串叮当作响的钥匙，象征着她在家里的绝对支配权。她非常朴素，非常节俭，总是穿着打着补丁的蓝布料斜对襟大褂。她有个很实际的治家哲学：带根的多种，带嘴的少养。因此，每年一到清明，春暖花开的时候，随着墙根的小红花的萌芽，祖母就要带着我在院子里的空地上种豆。在冻了一冬天后开始融化变软的土地上，祖母首先用锄头把土松开，然后我跟在后面将一些石块等杂物捡出来。整理完这一片土地之后，祖母通常用一根冬天生火用的粗铁丝在地上扎个洞，我跟在后面赶紧放进两颗豆种，盖上土，浇上水。当时祖母最爱种的是扁豆、丝瓜、玉米和向日葵。种好以后，我就天天观察这片土地上的变化，盼望它们出芽。当时小伙伴们来家里找我玩，我绝对禁止他们踏上那一小片播过种子的土地，我知道这片土地上孕育着生命。几天以后，我看见播下的种子已经发芽，它们弯着头，拱开土壤，那样子十分顽强。我曾经趴在地面上好长时间地观察它们是怎样长大的，结果是一无所获，只有蚂蚁在嫩绿的新芽旁边匆匆地跑过。祖母说："豆子是晚上才长的，人看着它，它就不长了。"几场风雨过后，这些绿色的生命便爬满了为它们搭起的竹竿架子，在院子中间形成一个遮阳的大棚。祖母对于不结果的植物是不太喜欢的，因此小小的院落里种满了果树，有枣树、无花果、葡萄还有一棵很少见的大石榴树。但对在墙下默默生长的小红花，祖母并没有因为它们不会结果而责备它们。小红花柔韧的藤蔓缠绕在白色和灰色的砖墙上，或是在向日葵和玉米的秆子上。那细碎的红花点缀在葱郁的绿叶上，为这寂静的院落平添了一笔盎然的生机。

秋风开始萧瑟了，草木摇落，结露为霜。每到这个时节，祖母就带着我把剩下的还带着果实的豆子、丝瓜的藤秧拔掉，然后选出肥硕的籽作为种子精心保存，以供来年使用。至于那在寒风中抖瑟的小红花，祖母说它们是"印根"的，不需要留种。原本一片葱茏的棚架，只剩下几根孤零零的竹竿，这种景象使我的幼小心灵充满了惆怅，生命竟是这样的脆弱。

在我小的时候，祖母是一个安全的象征。午睡醒来望着空旷的房间，第一件事就是大声叫着"奶奶"，听到她的回应，便可又安然地躺下。如果听不到她的回应，我马上觉得空虚，一定要满院奔跑，直到找到她为止。

白天，家里就只有祖母一人看家。祖母耳朵有些聋，记得上小学时，一次放学回家，在大门口按了半天电铃，祖母才嘴里一边应着"来了来了"，一边开门。进门后我很是不高兴，埋怨她为什么开门这么慢。祖母有时脾气不太好，但那天却异常地温柔，她连连解释说："奶奶老了，耳朵聋了，在里面小屋听不见。"我没有理会她的解释，还是嘟囔了好一阵子，想到这里，现在心里还有些内疚。

在童年的印象里最高兴的事情，是在学期刚结束时，从学校捧回一张彩色纸的奖状。回到家里，总是第一个递给祖母看。祖母坐在爬满了扁豆、丝瓜和小红花的棚架下，戴着老花眼镜，打开奖状，一字一句地断断续续地读，我站在她的背后，心里有一种异样的满足。那一张小小的纸头，对于一个刚刚上小学的孩子来说，是莫大的光荣。那些红红绿绿的纸头，祖母都细心地保存好，直到今天还完完整整地保存在我的小箱子里。每当重温儿时的旧梦，总不免掺杂着对祖母的怀念。

祖母勤俭持家的美德，由父亲完整地保存下来了。在吃饭的时候，要是谁不小心掉在地上一粒花生米，父亲一定要低着头，弯着腰，把它找到并拾起来，与当时祖母的动作一模一样。院子里东墙下，自己长出一棵黑枣树，但是几年后仍然不结果，父亲曾几次试图把它嫁接成结果实的柿子树，可惜都没有成功。

祖母一生朴素，一生节俭，在我的记忆里，她好像从来没有进过照相馆。她唯一的一张照片是一幅偶然在院子里留下的生活小照，依然穿着那件常年不换的、打着补丁的蓝布料斜对襟大褂。我长大后，看到她的这张照片，心里不免有几分酸楚。

1966 年，祖母因病故去。她默默地走完了自己极为平凡和朴素的一生，回到永恒的大自然中去了。劳碌了一生的她，真的休息了。奇怪的是，自从祖母走了以后，院子里的小红花一年比一年少，后来竟绝迹了。我真的希望这祖母生前喜爱的小红花陪伴着她永远地去了。祖母什么也没有留给我们，只在我心里留下了一朵极为朴素的小红花。

小学记忆

　　人的童年是最难以忘怀的，那是一个充满了诗意般的瑰丽色彩的时代。虽然我已到了耳顺之年，可是儿时的记忆却依然那样鲜明，像从一个倒置的望远镜里看风景，一切都显得那样的遥远，又是那样的清晰。

　　小学的启蒙老师大概是我们每个人记得最清楚，也最模糊的一位。我的小学老师叫孙景仪，是我一年级到四年级的班主任。她教我们语文，也教算术。她是一个有多年教龄和经验的老师，受到许多别的老师的尊重。从我上一年级起，我所在的班一直被评为学校的先进班集体，教室的墙壁上都挂满了镶着玻璃框的奖状和带着黄色丝穗的奖旗，这是她的心血，也是她的骄傲。记得冬天的早晨，她穿着厚厚的棉衣，脖子上围着一条白色的丝巾，捧着一叠学生的作业本走进教室。每到下课的时候，一层白色的粉笔沫落在她深蓝色的棉衣上，那个形象是印在我脑海里的标准的小学教师形象。她严格要求学生遵守课堂纪律。我们小学的上课铃声是两遍，第一遍是命令所有的学生回教室，第二遍是要求所有的学生坐回到自己的座位上。当第一遍铃声响起的时候，无论是在操场上嬉闹的还是在楼道里喝水的同学都迅速地奔回自己的教室。当第二遍铃声响起的时候，学生们都喘着粗气坐在自己的位置上，这时孙老师总是准时地走进教室。特别是长大以后，我一直怀念着那种儿时稚拙的认真精神。孙老师不经常对学生发脾气，但当她非常生气的时候，就会用教鞭狠狠地抽打讲台，整个教室鸦雀无声，空气仿佛也凝固起来了，一切糊涂的小脑袋，在那个时候都异常地清醒。那是儿时的天真，就连调皮都带着童趣。不像后来长大了，许多人见面，虽然热情微笑着却都带着人情世故。孙老师曾对我们说过："我希望你们中间有人长大以后，成为大科学家、大艺术家、大文学家，那个时候你们来看我的时候我才高兴呢！"自从小学毕业后，我一直未曾看望过孙老师，因为我还不曾成为她所讲过的任何一个家。

许多年过后，当我回到生于斯长于斯的故乡时，重返母校的愿望就异常地强烈。在忙碌了几天应酬之后，我一个人沿着小时候上学的旧路，去寻找儿时的旧梦。5月的阳光暖暖地照着大地，杨柳的嫩叶在和煦的微风中悠闲自如地摇曳着。沿路而行，街道与记忆完全不同，时过境迁，面目全非，建设改变了环境，我竟然找不到当年的学校。

在附近有一所小学，校园里是那样的宁静，洒满了阳光，空气中弥漫着淡淡的花香。没有一个人走动，学生们在上第四节课。几间教室里传来琅琅的读书声，孩子们在大声地念着课文，抑扬顿挫，像是一首伴着童声的孺子交响。

我不想踏进学校的大门，恐怕打破了回忆的沉寂和校园里宁静的芬芳。其实我也不能踏进学校的大门，门口有戒备森严的保安。面对学校的围栏，我依墙站着。这是一户人家后院的围墙，几枝牵牛花的藤蔓，从砖墙上垂落下来。阳光像一个金色的光环，把枝条上新生的黄绿色的小叶照得通体透明。我想起我小的时候，当放学铃声响起，便会与同路的小伙伴们结伴而行，三五成群，打打闹闹，在安静的胡同里一路嬉笑而去。如果有哪个小伙伴看了一部电影或是一部章回小说，在路上便止不住要眉飞色舞，指手画脚地表演一番。孩子有孩子的世界。

今天放学时，我看到的是老师领着孩子们鱼贯而出，在学校门口交给穿着制服的保安，保安再把学生交给等在门口的父母或爷爷奶奶。家长先接过孩子的书包，拉起自家的孩子便匆匆离去。孩子的眼睛里少了几分童真，多了几分警惕，少了几分纯真，多了几分世故。我想我的时代已过去，我童年的记忆像水中的倒影再也拾不起来了。

我在想 20 年后，这些孩子将会是什么样呢？又是什么样的生活在等待他们呢？是幸福多于苦恼，还是失败多于成功？他们的老师是否告诉他们人生本是一台戏，大家都是舞台上的匆匆过客，不期而遇，而又不期而散。20 年后他们还会记得他们的老师和同学吗？

我不知道我的孙老师在哪里，她应该早已退休在家安度晚年了吧，祝老师健康长寿！老师教过的学生大概成百上千，老师不可能记住每一个学生的名字，而学生总是记着老师的名字。我想人之所以能成为感情动物，就在于在大脑中存在着对于记忆的思念和缅怀。

附录

每依北斗望京华

云城的风，
斜斜地吹下，
缤纷的落英。
云城的雨，
悄悄地润出，
苍茫的黛青。
异国他乡的土地，
思念悠悠的乡情。
望南来北往的鸿雁，
观朝落暮升的寒星。
几番盛夏，
月白风轻，
几度寒冬，

陋室孤灯。
醉不以苦涩的酒精，
痴不以儿女的私情，
怀一卷五千年巨帙，
展一幅两千年丹青。
踉踉跄跄醉卧在周秦汉唐，
虚虚茫茫徜徉于楚越吴荆。
清晨，猛然一下惊醒，
正是风华正茂的年龄。

千峰作草稿

独胆谱丹青绝唱，
华阳万顷创新章，
清湘，
怪石野草亦芬芳。

荷塘意盎然

大笔扫去凋零伤，
撷一片寥廓秋光，
齐璜，
满纸生机芙蓉香。

中秋寄思

新月浮动天边，
盈盈一水横断。

神州千树桂花灿，
婵娟百年共团圆，
人生几回全？
数般绪念悄然
脉脉一心相连。
寄语明月犹恐寒，
化作清风万里传，
怀乡思无限。

注：以上四首为在旧金山观上海博物馆馆藏展览中石涛《游华阳山图》
与齐白石《残荷》两幅作品有感。

闲 居

朝起著新书，
午后品茗茶。
登山观苍海，
日斜赏秋花。

华清池

漫道骊山古道斜，
深秋落叶雨沙沙。
于今池水凝尘冷，
昔日温泉玉体滑。
宫舞千翩歌倾国，
清平一曲赏名花。
可怜马嵬坡前泪，
绝色香魂难还家。

题虾趣图

细细溪流水一湾，
群虾聚首浴清泉。
今朝游戏浮萍浅，
他日成龙驭九天。

瑞雪迎春

满城草木披银甲，
凛冽东风舞絮飞。
莫道天寒冬未去，
琼枝顶上绽春蕾。

寄父亲

基中融洋创新径，
东西文化两相情。
何日再来温城走，
手持松枝作杖行。

访秦始皇兵马俑

走访秦皇陵寝地，
兵车战马列成行。
六国一统秦为霸，
二世初朝帝业亡。
高祖雄韬围垓下，

项王刚愤刎乌江。
兵家胜败寻常事，
逐鹿中原胜者王。

晚　霞

黄昏，
天边和海边，
飘来一片晚霞。
暮色苍茫，
如虚如画。
浩渺的烟波幻影西湖的柳浪，
嶙峋的礁石似为长江的巫峡。
岁月，流失在大洋彼岸，
时光，蹉跎于青春年华。
而我依然怀着炽热的爱恋，
仰望东方那一片彩云丹霞。
采一朵云，
替我亲吻北国的香稻，
撷一阵雨，
代我爱抚南海的碧沙。
山，静谧朦胧，
潮，悄然退下，
天边和海边，
只留下灿烂的晚霞。

与你携手 直到永远
——写给化疗中的爱妻

或许，这是上天的考验，
或许，这是命运的挑战。
我体会你身体的艰辛，
我理解你面对的困难。
我相信你的毅力顽强，
我敬佩你的坚定乐观。
我相信人生没有过不去的坎，
我相信乌云遮不住晴朗的天，
至暗已过，
曙光在前。
也许，今后的路更顺畅，
也许，今后的路更坷坎，
我与你一起面对，
我与你一起承担。
愿你浴火重生，凤凰涅槃！
不要担心你病中容颜，
你在我心中永远灿烂。
天荒地老，此情不泯，
与你携手，直到永远。